DER KÖNIG IST ZURÜCK.

Friedrich der Große rettet Deutschland.

Roman von Carl Conrad

Berlin, 2024

Inhaltsverzeichnis

Kapitel 1.

Einmal Hochzeit, bitte.

Berlin im Juli.
Immer montags, dienstags und donnerstags bildet sich in Berlin Mitte nachts eine lange Schlange vor dem Roten Rathaus. Das ist schon seit über einem Jahr so. Die Bürgerinnen und Bürger, die hier Schlange stehen, brauchen Geburtsurkunden für ihre Neugeborenen oder Termine für ihre standesamtliche Hochzeit. Besonders kurios dabei: Eine provisorische Wartenummer aus Pappe, die der Pförtner ab etwa 5.30 Uhr verteilt, berechtigt für den Erhalt der offiziellen Wartenummer.

Immer gegen 7.30 Uhr wird die Schlange geteilt. Wer vorne steht, darf weiterwarten. Wer hinten steht, hat an diesem Tag sowieso keine Chance dranzukommen und wird weggeschickt. Die Frage, bis zu welcher provisorischen Wartenummer man weiter warten darf, interessiert hier alle brennend. Beantworten kann sie aber niemand. Es geht das Gerücht um, die Pförtner und Beamten wollten sich nicht festlegen und würden das spontan nach Tagesform entscheiden.

Gerade hat der Pförtner Claudia in der Schlange vor dem Roten Rathaus ein Stück Pappe in die Hand gedrückt, eine provisorische Wartenummer. Auf dem schief ausgeschnittenen Pappquadrat ist eine 11 aufgemalt. Der Pförtner hat sie selbst gebastelt und stattet nun die Leute damit aus. "Wartenummern aus Pappe, mit denen man sich für die echten Wartenummern anstellt?", fragt Claudia ihren Verlobten Mark. "Unglaublich", meint Mark und schüttelt den Kopf.

"Letzte Woche gab es hier eine Schlägerei", erzählt ein junger Mann seiner Verlobten, die heute zum ersten Mal mitwartet, weil sie das Elend einmal mit eigenen Augen sehen will. Wenn ihr Verlobter von den Zuständen erzählte, dachte sie, er würde übertreiben. Jetzt stellt sie fest: Er hat eher untertrieben.

Der Wind ist warm, der Pförtner eiskalt. "So, Herrschaften", sagt er um 7.34 Uhr. "Heute kommen nur Wartende mit den provisorischen Wartenummern

1 bis 30 dran. Alle anderen gehen jetzt bitte nach Hause."

Verantwortlich für das Standesamt Mitte ist eine Stadträtin. Die allerdings weist alle Schuld von sich. Nicht sie sei verantwortlich, sondern der Personalmangel. Von 15 Planstellen seien nur fünf besetzt. Eigentlich seien zehn Beschäftige zuständig, aber zwei Personen seien langfristig erkrankt und drei würden noch eingearbeitet. Außerdem, so die Stadträtin, habe sie das Problem von ihren Vorgängern übernehmen müssen, die zudem Personal abgebaut hätten. Schuld ist also niemand. Das ist sicher beruhigend für die vielen Menschen, die hier nachts mehrere Stunden lang in der Schlange warten müssen.

Der Minutenzeiger auf Claudias schlichter, schwarzer Armbanduhr bewegt sich quälend langsam, ganz so, als würde sich eine unsichtbare Kraft gegen ihn stemmen oder als wäre das Ziffernblatt in Honig getaucht gegen den sich der Zeiger vorankämpfen muss. Claudias Augenlider sind so schwer wie die dicken Aktenordner in den Amtsstuben. Langsam, ganz langsam, sinken sie nach unten. Claudia nickt ein. Ihr Kopf sackt plötzlich nach unten weg und fällt ins Leere. Claudia schreckt hoch und ist wieder halbwegs wach. Wieder und wieder geht das so.

Irgendwann sitzen Claudia und Mark auf dem kalten, harten Steinboden im Inneren des Gebäudes. Nun können sie zumindest sitzen, das ist schon mal ein Fortschritt. Links neben Claudia sitzt ihr Verlobter Mark, rechts von ihr eine junge Frau mit schwarzer Pferdeschwanzfrisur. Die Frau blättert in einem Familien-Magazin. Sicher möchte sie eine Geburtsurkunde beantragen. Claudia streicht sich die langen blonden Haare aus dem Gesicht, blickt mit ihren braunen Augen abwesend in die Ferne und dreht sich gedankenverloren mit den Fingern Locken.

Sie kuschelt sich an Mark an. Ihr Verlobter ist 29 Jahre, zwei Jahre älter als Claudia, hat ein ovales Gesicht mit kurzen braunen Haaren, blaue Augen, die oft etwas zusammengekniffen wirken und eine wirklich schöne, gerade, symmetrische Nase, wie Claudia findet. Volle Lippen und ein gepflegter Dreitagebart verleihen ihm ein wirklich gutes Aussehen. Claudia ist stolz und glücklich, mit Mark verlobt zu sein. Er sieht nicht nur gut aus, er hat auch ein gutes Herz.

Claudias Augenlider sind halb geschlossen, gleich wird ihr Kopf zum x-ten Mal nach unten sacken, da hört sie neben sich die Stimme eines Mannes: „Verzeihung, Madame. Wo sind wir hier?“. Die Männerstimme kommt von rechts neben ihr, wo eben noch die junge Frau mit der schwarzen Pferdeschwanzfrisur saß. Jetzt sitzt plötzlich ein Mann neben ihr.

Claudia reibt sich die Augen, damit sie wieder klar sehen und denken kann. Verwundert registriert sie einen älteren Mann mit weißer Perücke, wie man sie im 17. Jahrhundert getragen hat. Er sitzt direkt neben ihr. Sein Gesicht erinnert Claudia an jemanden, aber sie hat nicht die leiseste Ahnung an wen. Ah, doch, Moment, jetzt dämmert es ihr. Der Mann erinnert sie an jemanden, den sie in der Schule im Geschichtsunterricht besprochen haben. Sie überlegt. Der Name liegt ihr förmlich auf der Zunge. Plötzlich durchzuckt sie ein Geistesblitz: George Washington! Ja, genau. Der Mann, der in dieser seltsamen Kostümierung so urplötzlich neben ihr aufgetaucht ist, erinnerte sie an den amerikanischen Präsidenten George Washington. Irritiert mustert sie ihn. Nicht nur seine Perücke ist im Stil des 17. Jahrhunderts gehalten, sondern auch seine Kleidung. Er trägt einen militärisch anmutenden dunklen Mantel mit dicken schwarzen Knöpfen und knallrotem Kragen, an dessen Revers ein riesiger silbern schimmernder Orden prangt. Es handelt sich dabei um einen Stern, in dessen rundem Zentrum auf blutrotem Untergrund ein Adler abgebildet ist. Es ist Mitte Juli, eine denkbar unpassende Jahreszeit für so einen Mantel. Was soll das?

Claudia findet, dass den Mann eine gewisse Aura umgibt. Er hat etwas an sich, das ihm Charisma verleiht. Aber was? Die großen, ausdrucksstarken blauen Augen? Die ausgeprägte und dennoch feine, ja elegante Nase? Oder sind es die interessanten Linien, die sich auf der Stirn und rund um die Augenpartien gebildet haben? Claudia weiß es nicht. Aber eines weiß sie in diesem Moment instinktiv: Dieser Mann ist etwas Besonderes. In seinem Blick liegt eine Vornehmheit, die so dezent und zurückhaltend zum Vorschein kommt, dass sie sich von einer hochnäsigen, arroganten Haltung wohltuend abhebt.

„Madame", erinnert sie der ältere Herr und versucht seine Besorgnis mit einem Lächeln zu überspielen. „Wo sind wir hier?"
„Ähm… na, im Roten Rathaus, in Berlin Mittel."
„Im Roten Rathaus? Wie sonderbar", sagt der ältere Herr, sieht sich nach allen Seiten interessiert um und lächelt still in sich hinein. Ganz so, als habe er einen Scherz gehört.

Claudia und Mark starrten den Mann an.
„Verzeihung", sagt Mark schließlich. „Kann ich Ihnen helfen? Sie wirken etwas… na ja… desorientiert."

„Sehr freundlich von Ihnen“, sagt der ältere Mann nach einem kurzen Moment des Zögerns und fährt sich nachdenklich mit den Fingern der rechten Hand an der Nase entlang. „In der Tat, ich fühle mich etwas fremd hier. Eben war ich doch noch in Potsdam...“ Er stockt, sieht nachdenklich in die Ferne und überlegt. „Das Letzte, an das ich mich erinnern kann, ist, dass ich in meinem alten Lehnstuhl Platz genommen hatte. Und dann... ja, dann wurde mir etwas kalt und... hm... dunkel wurde es auch... plötzlich... da war diese... Freude... diese Leichtigkeit... wie eine Sinfonie... so kraftvoll und rein. Es geht gut... der Berg ist überschritten.“
Claudia und Mark werfen sich einen vielsagenden Blick zu. „Wissen Sie denn, wo Sie in Potsdam wohnen? Wissen Sie Ihre Adresse?“, fragt Mark hilfsbereit. Claudias Herz klopft. Bewundernd sieht sie ihren Mark an. Er ist einfach ein guter Mensch. Und bald schon ihr Mann. Nun ja, hoffentlich bald, sie brauchen ja noch einen Termin.

„Aber selbstverständlich“, lächelt der Mann nachsichtig. „Ich residiere im Schloss Sanssouci.“ Er schmunzelt und blickt für einen Moment zur Seite. „Ja, ja, ich bin es tatsächlich", sagt er bescheiden. "Aber bitte, bleiben Sie ruhig sitzen, Madame et Monsieur. Nur keine Förmlichkeiten. Wie pflege ich

immer zu sagen? Ich bin der erste Diener meines Staates. Sie verstehen."
Die beiden verstehen gar nichts.
„Ah! Jetzt weiß ich, an wen Sie mich erinnern", freut sich Mark plötzlich. „Bei Schloss Sanssouci ist der Groschen gefallen. Sie sehen ein bisschen aus wie Friedrich der Große."
„Friedrich der Große? Sehr charmant, sehr charmant, mein junger Freund. Friedrich der Große, Friedrich Magnus. Ha! Na, so groß bin ich ja nun nicht gerade. Aber bezogen auf meine Verdienste um den Staat, also, ja, das lasse ich mir natürlich gerne gefallen. Ich kann mich dunkel erinnern, euch früher schon so genannt worden zu sein. Très charmant, merci beaucoup, Monsieur."

Mark sieht ihn staunend an. „Ja, ich bin es. Friedrich II., König von Preußen, Markgraf von Brandenburg und Kurfürst des Heiligen Römischen Reiches. Aber bitte: Bleiben Sie ruhig sitzen, Madame, Monsieur." Er neigt freundlich den Kopf und ein feines Lächeln spielt um seine Lippen.
„Na sowas", wundert sich Mark. „Und ich dachte, König Friedrich II. wäre schon lange… hm… na… bei seinen Ahnen eben."
„Welches Jahr schreiben wir eigentlich?", fragt der Mann unruhig und nun auch etwas besorgt. Claudia nennt ihm das Jahr. Sie denkt darüber nach, einen

eleganten Knicks zu machen, aber leider weiß sie nicht, wie das geht. Was für eine verrückte Geschichte! Was ist das hier? Versteckte Kamera? Neugierig und auch etwas aufgeregt blickt sie sich um. Sie beschließt, sehr souverän und mit ganz viel Humor auf diese seltsame Situation zu reagieren. Womöglich sind sie tatsächlich in eine Fernsehshow mit versteckter Kamera geraten. Aufregend!

Als der ältere Mann die Jahreszahl hört, ist er froh, dass er schon sitzt. Sonst hätte er sich unbedingt setzen müssen. „Die Wege des Herrn..." Der König lässt den Satz unvollendet und blickt mit großen, weit aufgerissenen Augen starr in die Ferne. Claudia und Mark tauschten Blicke. Mark glaubt nicht an eine versteckte Kamera. Nein, der Mann ist ganz offensichtlich desorientiert – um nicht zu sagen geistig verwirrt. Vielleicht ist er aus einer Anstalt geflohen. Gefährlich sieht er aber nicht aus.

Mark fasst einen Entschluss. „Entschuldigen Sie mich, bitte", sagt er liebenswürdig. „Ich hole besser jemanden, der Ihnen weiterhelfen und Sie nach Hause bringen kann." Der ältere Herr nickt ihm zu und wendet sich dann an Claudia: „Madame, bitte verzeihen Sie meine ungalante Neugierde, aber es gibt so viele Fragen, die mir – mit Verlaub – unter den Nägeln brennen. Was ist in den letzten 200 Jahren

geschehen? Wie geht es meinem geliebten Preußen? Und: Wie lebt es sich so in dieser Zeit? Ist der König ein guter Regent in diesen Tagen?“
Während Claudia die Stirn runzelt und sich angesichts solcher Fragen gedanklich erst einmal sortieren muss, steht Mark betont langsam auf – bloß keine ruckartigen Bewegungen machen, nicht wahr? – und geht ganz ruhig einige Schritte zur Seite, um ungestört mit seinem Handy die Polizei anrufen zu können.

Keine zehn Minuten später schlendern zwei Polizisten durch den Gang. Ein großer, junger und ein weniger großer und weniger junger. Mark steht auf und hebt die Hand, um die beiden auf sich aufmerksam zu machen. „Diese beiden Herren geleiten Sie nach Hause, königliche Hoheit“, erklärt Mark freundlich in Richtung des älteren Mannes.
„Hallöchen“, grüßt der weniger große und weniger junge der beiden Polizisten lässig in die Runde. „Aha, alles klar. Sie sind bestimmt Herr Nowak“, wendet er sich an Mark, der zustimmend nickt. „Sie haben uns verständigt. Das ist Ihre Verlobte.“ Er nickt Claudia zu. „Und das ist der Herr…“ Er wendet den Blick vom älteren Herrn ab und sieht Mark an. „Ganz genau, das ist er“, bestätigt Mark.
„Alles klar“, nickt der Polizist. „Na dann: Schönen juten Tag, der Herr. Können Sie sich ausweisen?

Haben Sie einen Personalausweis dabei? Oder vielleicht einen Führerschein?"
Friedrich II., König von Preußen, sieht den Polizisten fragend an. „Verzeihung. Was wünschen Sie?"
„Wie heißen Sie denn, bitte?", fragt der Polizist. „Ist alles in Ordnung bei Ihnen? Können wir Ihnen helfen?"
Friedrich II. steht vom Boden auf, streckt sich zu seiner vollen Größe und sieht den Polizisten ungerührt an. „Ich bin Friedrich II., König von Preußen, Markgraf von Brandenburg und Kurfürst des Heiligen Römischen Reiches."
„Ah, okay. Cool. Cooler Auftritt. Alles klar", nickt der Polizist gelassen und spricht nun sehr langsam und deutlich. Ganz so, als würde er zu einem geistig Verwirrten sprechen.
„Wissen. Sie. Wo. Sie. Wohnen? Adresse?"
„Ja. Sicher. Weiß. Ich. Das. Schloss. Sans. Souci. In. Potsdam.", antwortet der König ebenso langsam und deutlich.
Claudia hat inzwischen ihr Handy gezückt und zieht die beiden Polizisten etwas beiseite.
„Schauen Sie mal hier", flüstert sie und reicht dem Wortführer das Handy. Auf dem Bildschirm ist ein Gemälde von Friedrich II. zu sehen. Der Polizist sieht auf das Handy, dann auf den Mann vor ihm. Dann wieder aufs Handy. Dann wieder auf den Mann vor ihm.

„Ist ja nicht zu fassen“, brummt er. „Wie aus dem Gesicht geschnitten.“
„Als ob er aus dem Gemälde gestiegen wäre“, nickt sein jüngerer Kollege und schüttelt ungläubig den Kopf. „Muss ein Profi sein. Schauspieler, Maskenbildner oder sowas.“
„Ja, guter Ansatz“, brummt der ältere Polizist und gibt Claudia das Handy zurück. „Alles klar, okay. Kriegen wir schon hier. Kommen Sie bitte mit, Herr König, wir bringen Sie wieder nach Hause“, meint der Polizist freundlich und hilfsbereit. „Keine Sorge, alles wird jut.“

Friedrich II. streicht seinen Mantel glatt, nickt Claudia und Mark zu und macht schon Anstalten mit den beiden Polizisten mitzugehen, da fällt ihm noch etwas ein.
„Ah, eine Sache noch“, sagt er zu Mark und winkt ihn vertraulich zu sich heran.
„Nun, mein Freund, ganz offen und ehrlich, von Mann zu Mann“, raunt der König Mark zu. „Madame ist eine schöne Frau, ich gratuliere.“
„Danke“, flüstert Mark verdutzt zurück.
„Aber: Das mit der Heirat würde ich mir noch mal durch den Kopf gehen lassen“, flüstert Friedrich der Große. „Ich spreche aus Erfahrung. Sie verstehen? Mein Vater, König Friedrich I., hat mich seinerzeit gezwungen. Arrangierte Vermählung. Pfui Teufel!

Dummme Sache. Sie werden doch nicht etwa auch... gezwungen?“
Mark macht große Augen. „Aber nein. Nein, nein, nein, nein! Wirklich nicht. Ist alles freiwillig. Auf beiden Seiten.“
„Na, dann ist’s ja gut“, zeigt sich der König beruhigt. „Hier“, sagt Mark und drückt ihm einen Zettel in die Hand. Friedrich wirft einen Blick darauf und hebt fragend die Augenbrauen. Auf dem Zettel ist von Hand eine lange Reihe von Zahlen geschrieben. Was soll das? Handelt es sich um einen Geheimcode? Nun, er würde sich später damit beschäftigen. Friedrich klopft Mark freundschaftlich auf die Schulter, nickt ihm zu, verneigt sich kurz und schreitet dann mit einem kurzen „Adieu!“ geschäftig davon, gefolgt von den beiden Polizisten.

Kapitel 2.

Gipfeltreffen.

Berlin im Juli.
„Das ist lustig“, grinst der Pfleger und geht mit schnellen Schritten voran. Der große, dunkelblonde, schlaksige junge Mann Anfang 20 steckt in einem hellblauen Kittel und trägt weiße Sportschuhe, die ab und zu auf dem glänzenden Boden quietschen.
„Lustig? Na ja, geht so“, meint der ältere der beiden Polizisten, die ihn begleiten. „Hält sich für Friedrich II. – okay, kann passieren.“
„Doch, doch, ist wirklich lustig. Sie wissen ja noch gar nicht, warum. Aber warten Sie’s ab. Wird gleich richtig lustig.“

Freudig glucksend wie ein Fünfjähriger, der endlich seine Weihnachtsgeschenke auspacken darf, läuft der

Pfleger den Gang entlang und steigt nun eilig eine breite Steintreppe empor, wobei er dynamisch immer zwei Stufen auf einmal nimmt. Ganz so, als hätten seine weißen Sportschuhe unsichtbare Sprungfedern. Die beiden Polizisten und Friedrich II. hetzen mühsam hinterher – ganz offensichtlich ohne Sprungfedern.

Nachdem sie auf dem Revier nicht weitergekommen waren, denn ausweisen konnte sich der Mann nicht, haben sie ihm nun erst einmal einen Platz in der Berliner Böhheim-Klinik, Institut für Psychiatrie und Psychotherapie, organisiert. Natürlich fachärztlich indiziert, richterlich abgesegnet und auch in Absprache mit dem leitenden Beamten ihrer Dienststelle. So reibungslos, wie das klingt, war die Sache aber leider nicht. Berlins Kliniken sind nämlich voll und es hat etwas gedauert, eine Einrichtung zu finden, die einen freien Platz anbieten kann. So ist Berlin: Alles dauert ein bisschen länger.

Inzwischen ist es Abend geworden. Der junge Polizist, der neben dem König läuft, rümpft die Nase. Überall riecht es nach Putzmitteln. Eine Nervenheilanstalt gehört nicht gerade zu seinen Lieblingsorten. Misstrauisch beäugt er die ältere Dame, die an ihnen vorbeischlurft, ohne aufzusehen. Sie streichelt eine imaginäre, unsichtbare Katze und murmelt „Miez, Miez, Miez“. Die Männer laufen einen langen Gang

entlang, in dem links und rechts alle paar Meter eine schlichte Zimmertür in die Wand eingelassen ist. „Aufnahmegespräch findet dann morgen früh statt, heute ist keiner mehr da“, lässt der Pfleger die Polizisten wissen. „Ja, ja, ist gut“, murmelt der ältere Polizist. „Wir sind morgen früh aber nicht dabei, wir sind auf Streife. Steht aber alles im Arztbrief.“
„Jo, kein Problem", nickt der Sprungfedermann und bleibt stehen. "So, hier wären wir.“ Mit einer großen Geste öffnet der Pfleger eine Tür. „Darf ich vorstellen: Ihre Majestät Napoleon Bonaparte.“

Neugierig blicken die Polizisten in das Zimmer. Der Kaiser der Franzosen sitzt auf einem quietschgrünen Holzstuhl und hört Radio. Eine elegante Klaviermusik liegt in der Luft und verleiht dem schlichten Raum einen gewissen Stil. Das kleine Grundig-Gerät steht rechts von Napoleon auf einem runden, weißen Tisch. Rechts neben dem Tisch steht ein quietschgelber Holzstuhl. Der Mann, den der Pfleger als Napoleon Bonaparte vorgestellt hat, trägt einen weißen Schlafanzug und steht nun würdevoll auf. Er ist groß, geradezu ein Berg von einem Mann, breitschultrig und kräftig, aber keineswegs dick. Auf seinem starken, breiten Hals ruht ein ovales, gutmütiges Gesicht, das sicher schon über 50 Jahre zählt und von einem dunklen Bart eingerahmt wird. Das dunkle Haare ist schon etwas lichter geworden und konsequent nach

hinten gekämmt, wodurch ausgeprägte Geheimratsecken sichtbar werden. Unter dichten, buschigen Augenbrauen lugen zwei aufgeweckte dunkle Augen hervor.
„N'Abend“, sagt Napoleon. „Na, Tom, wen bringste denn da?“, fragt er den Pfleger mit tiefem Berliner Akzent. „N'Abend“, grüßt der ältere Polizist zurück. „Na, so hab' ich mir Napoleon aber nicht vorgestellt“, beklagte er sich beim Pfleger. „Aber ja: Lustig ist das schon. Zumindest ein bisschen.“

„Moment“, sagt Napoleon, tritt auf den Schrank zu, der auf der linken Seite in die Wand eingelassen ist. Er fischt einen Hut aus dem Schrank und setzt ihn auf. Dabei handelt es sich um den sogenannten "petit chapeau", den „kleinen Hut“ aus schwarzem Biberfilz, das Markenzeichen Napoleons. Der Kaiser der Franzosen verneigt sich und grinst schief.
„Ganz wunderbar!“, sagt der Pfleger. „Darf ich vorstellen: Ihre Majestät Friedrich II., König von Preußen.“

Selbstbewusst stolziert Friedrich über die Türschwelle und sieht sich um, als würde er eine Soldatenstube inspizieren. Zu sehen gibt es freilich nicht viel. Der Raum wird beherrscht von zwei schlichten, einzelnen Holzbetten, die parallel zueinander im Abstand von etwa eineinhalb Metern mit den Kopfenden an der

Wand stehen. Vor den Betten stehen die beiden Stühle, die den Tisch mit dem Radio flankieren. Hinter den Betten befindet sich eine große Fensterfront mit Raffstores, die auf Durchblick stehen. Draußen ist es inzwischen dunkel geworden. Als Friedrich II. bemerkte, dass die Fenster vergittert sind, hebt er missbilligend eine Augenbraue. Der Boden glänzt wie neu und ist in einem tiefdunklen, rötlich angehauchten Farbton gehalten. Die Decke des Raums ist bemerkenswert hoch, bestimmt 3 Meter 50.

„Herzlich willkommen, Ihre Majestät", sagt Napoleon zu Friedrich und streckte ihm die Hand entgegen. Irritiert betrachtete Friedrich die ausgestreckte Hand – und dann noch irritierter den Mann, der sie ihm hinhält. „Wer sind Sie denn?", will er wissen und macht nicht die kleinste Anstalt, die ausgestreckte Hand zu ergreifen. Dazu muss man wissen, dass es zur Zeit Friedrichs II. üblich war, dem König die Hand bei der Begrüßung zu küssen – und nicht, sie zu schütteln, wie man das heute macht. Der Handkuss gehörte damals zu den höfischen Etiketten und galt als Zeichen des Respekts und der Ehrerbietung. Der Angesprochene nimmt seine ausgestreckte Hand zurück und steckte sie – ganz Napoleon – in eine Falte am Bauch seines Schlafanzughemds.
„Ich bin der Kaiser der Franzosen", erklärt er stolz und leicht gekränkt. „Napoleon Bonaparte!" Bei diesen

Worten hebt er die Nase und stellt sich so aufrecht hin, dass er nun noch gewaltiger wirkt. Die Polizisten, die ein Auge für so etwas haben, schätzen ihn auf rund 1 Meter 90.
„Na, das meint er sicher nicht böse“, will der Pfleger vermitteln. „Die königliche Hoheit kann Sie ja gar nicht kennen, Ihre kaiserliche Herrlichkeit, Sie kamen ja erst nach ihm.“
Friedrich II. mustert Napoleon von oben bis unten. „Ist das wahr? Kaiser der Franzosen? Nun, dann bitte ich vielmals um Entschuldigung, Eure Exzellenz.“
Friedrich verbeugt sich mehrfach galant. „Je suis terriblement désolé. Veuillez accepter mes excuses. Je suis étranger à cette période.“
„Ja, ja, kein Ding“, meint Napoleon und grinst verlegen. „Erlauben Sie mir, dass ich mein bescheidenes Zuhause mit Ihnen teile, König Friedrich II.“ Er bietet Friedrich den quietschgelben Stuhl an und die beiden Monarchen setzten sich. "Krass. Jetzt betreue ich Kaiser Napoleon und König Friedrich II.", lächelt der Pfleger und wippt mit seinen Schuhen auf und ab.

„Haben Sie Hunger, königliche Hoheit?", will der Pfleger plötzlich wissen. Friedrich nickt.
"Die Küche hat leider schon zu, aber ich bringe Ihnen gleich etwas“, sagt der Pfleger und verschwindet aus dem Raum. Auch die beiden Polizisten verabschieden

sich und so sitzen der Kaiser und der König nun schweigend nebeneinander und lauschen klassischer Musik aus dem Radio.

Schon bald ist der Pfleger zurück und stellt ein Tablett auf den runden Tisch. „Brot, Butter, Wurst, Käse, Tomate, Gurke, Wasser.“
Friedrich nickte ihm kaum merklich zu. Die Höflichkeit gebietet das. Aber zufrieden ist er keineswegs. Für einen König ist das ein wahrlich bescheidenes Mahl. Wo ist der Wein, wo das Geflügel? Und warum residiert dieser seltsame Kaiser der Franzosen in einer äußerst bescheiden eingerichteten Stube in Preußen? Na egal, heute wundert ihn gar nichts mehr.

***

Als Friedrich II. und Napoleon Bonaparte später bei gelöschtem Licht nebeneinander in ihren Betten liegen, haben sie sich soweit miteinander vertraut gemacht, dass sie zwar noch keine Freunde sind, aber doch immerhin vertraute Zimmergenossen.

„Nun, mein lieber Napoleon, erkläre mir bitte noch die Sache mit den Kutschen ohne Pferde, die so unbegreiflich schnell und ohne Pausen über die Straßen fahren. Apropos Straßen: Wie können

Straßen nur so glatt und eben wie ein Tisch sein? Meine Fahrt in einer dieser Kutschen war die bequemste Reise, die ich je erlebt habe. Es war fast, als würde ich auf einer Wolke dahinschweben. Sag mir: Wie ist das möglich?"

Napoleon lächelt. „Die Menschen haben inzwischen Ma-schi-nen entwickelt, die die Räder einer Kutsche antreiben können", doziert Napoleon und spricht dabei das Wort „Maschinen" so aus, als wolle er es einem Schuljungen buchstabieren. "Ma-schi-nen sind... nun... technische Gebilde."

„Ich weiß sehr gut, was Maschinen sind", entgegnet Friedrich der Große, verschränkt seine Arme hinter dem Kopf und starrt zur Decke.

„Ach tatsächlich?", wundert sich Napoleon.

„Aber ja. Die erste Dampfmaschine wurde bereits in meinem Geburtsjahr, 1712, erfunden. Gebaut vom englischen Erfinder Thomas Newcomen. Eingesetzt in einem Kohlebergwerk im englischen Staffordshire. Als Wasserpumpe."

„Interessant, interessant", murmelt Napoleon in seinen Bart und kann doch ein Gähnen nicht verhindern.

„Gab es denn in deinem Preußen Maschinen?"

„Eine gute Frage! Leider kann ich sie dir nicht beantworten, Napoleon. Ich kann mich zwar noch recht gut daran erinnern, das Unterfangen mit den Maschinen in meinem letzten Lebensjahr

vorangetrieben zu haben. Aber wie die Sache ausging... hm... das ist mir offen gestanden gerade entfallen."
„Na, erzähl doch mal. Wie begann das alles mit den Maschinen?"

„Ja, also, das war ja so: Die Engländer hatten die Dampfmaschine erfunden und alle anderen Nationen konnten nur ebenso staunend wie neidvoll dabei zusehen, wie die englische Feuerkunst die unglaublichsten Wunderdinge vollbrachte. Also beschloss ich, einen klugen Kopf nach England zu senden, damit er sich das mal genau ansieht. Unter uns gesagt: Er sollte sich die Maschine nicht nur ansehen, er sollte sie für Preußen nachbauen."
„Oho! Industriespionage also", gluckst Napoleon belustigt und wird etwas wacher.
„Der Mann hieß Carl-Friedrich Bückling, eine treue Seele und nicht auf den Kopf gefallen. Mit der Feuerkunst der englischen Firma Boulton & Watt wollten wir über 100 Pferde ersetzen, die sich im Kupferschieferbergbau abmühten. Hunderte Liter Wasser mussten die armen Tiere nach oben in den König-Friedrich-Schacht ziehen. Pro Minute! Was für eine verdammte Schinderei!"
„Und? Hat dieser Bückling die Maschine hingekriegt?"
„Tja, ich weiß noch, dass er ganz begeistert und mit leuchtenden Augen nach Preußen zurückkam. Gleich

nach seiner Ankunft baute er ein Miniaturmodell des Feuerzaubers. Mit Rohren, Zylindern, Ventilen... na, ich verstehe nichts davon. Mit allerlei Bauteilen eben. Aber wie die Sache ausging – daran fehlt mir jede Erinnerung."
„Macht nichts, schauen wir eben mal nach", meint Napoleon leichthin.
„Wie?", fährt Friedrich der Große entzückt auf. „Wirklich? Sind Reisen in die Vergangenheit heute tatsächlich möglich? Aber ja, natürlich! Wenn ich in die Zukunft schreiten konnte, dann kann man sicher auch in die Vergangenheit flanieren. Wie aufregend!"
„Ähm... nun... nicht so ganz", dämpft Napoleon die Begeisterung. „Wir können aber zumindest einen schnellen Blick in die Geschichtsschreibung werfen. Und zwar hiermit."

Er tastet in der Dunkelheit nach etwas in seinem Bett. Schließlich findet er es und ein schwaches Licht erhellt den Raum, das von einem rechteckigen, flachen Büchlein ausgeht. „Das ist ein Handy", erklärt Napoleon.
„Ein Handy? Was ist das?"
„Ein Handy ist eigentlich ein Gerät, mit dem man sich über weite Entfernungen unterhalten kann."
„Potzblitz! Zauberei!"
„Ach was, keine Zauberei, sondern High-Tech. Aber ein Handy kann noch viel mehr! Es ist wie eine Art

Buch. Man kann Fragen hineinschreiben – und dann liefert es Antworten."

„Das ist ja unglaublich! Ein famoses Ding!", ruft Friedrich laut und begeistert aus.

„Pssst!", ermahnt ihn Napoleon. „Die Leute wollen schlafen."

„Pardon", schnaubt Friedrich. „Aber ich finde dieses Buch wirklich großartig. Es ist also wie ein lebendes Archiv, das einem jede Frage über die Vergangenheit beantworten kann? Famos! Gewissheit erlangt man ja nicht vom Hörensagen."

„Ja, genau so ist es. Also, dann schauen wir mal", sagt Napoleon und tippt mit dem Finger auf das Handy ein.

„Was machst du da?", will Friedrich wissen.

„Ich schreibe meine Frage."

„Mit dem Finger? Zu meiner Zeit kam die Tinte aus einem Stift oder aus einem Federkiel."

„Tja, die Zeiten haben sich geändert", meint Napoleon lakonisch. „Aha. Hier steht's schon: Am 23. August 1785 geht die erste Dampfmaschine Preußens im König-Friedrich-Schacht in Betrieb. Industrielle Revolution beginnt nun auch in Preußen... bla bla bla... hm hm hm... aha, aha, aha... okay, also dein Herr Bückling musste noch mal nach England reisen und einen größeren Zylinder besorgen. Nach zwei Jahren Überarbeitung lief die Maschine dann aber einwandfrei und die Pferde mussten nicht mehr schuften. Na also!“

„Aha, wie schön, das freut mich! Chapeau, mein lieber Carl-Friedrich Bückling, Chapeau!“

„Aber warum weißt du das nicht mehr? Hm... mal sehen... Friedrich II.... Friedrich der Große... ah, hier steht’s. Tja, mein lieber, das ist Pech. Hier steht, dass du sechs Tage vor dem Start der Maschine... nun ja... wie soll ich sagen... entschlafen bist.“

„Tatsächlich? Ein Jammer!“

„Ja. Aber, da sage ich nur: Willkommen zurück! Und ich sage auch: Gute Nacht, mein Lieber. Schlaf gut.“

Mit diesen Worten dreht sich Napoleon zur Seite.

„Moment, Moment, Moment, mein lieber Napoleon!“, widerspricht Friedrich. „Wir stehen doch gerade erst am Anfang. Du musst mir noch über die Ereignisse aus über 230 Jahren berichten.“

„Puh!“, macht Napoleon. „Na, wenn’s weiter nichts ist.“

Er rollt sich auf den Rücken, starrt zur Decke und versucht, seine Gedanken zu ordnen.

„Na schön, fassen wir mal zusammen. Die letzten 230 Jahre in 5 Minuten. Da wäre zum Ersten natürlich das Wichtigste überhaupt. Der initiale Funke: die Französische Revolution.“

„Revolution? Hm... was ist geschehen?“

„1789. Liberty, Equality, Fraternity. Das Volk befreit sich, stürzt die Monarchie und den Adel und bildet die Ersten Französischen Republik. Vive la France!"
„Mon dieu, mon Ami!", ruft Friedrich bestürzt aus.
„Ist mir klar, dass ein König das nicht eben gerne hört."
„Das ist ja... unfassbar! Das ist... ein Sakrileg. Eine Unglaublichkeit. Eine zum Himmel schreiende Schande. Das ist... das ist... das ist einfach zu viel."

Das Zimmer versinkt in Schweigen. Nur die Atemgeräusche der beiden sind noch zu hören. Napoleon atmete tief und ruhig, Friedrich dagegen ist zweifellos höchst aufgewühlt.

„Und... also... was ist dann mit dem französischen König geschehen?", will Friedrich bestürzt wissen.
„Ritsch, ratsch, Rübe ab. Guillotine."
„Barbaren!", röchelt der König mit brüchiger Stimme.
„Ja, es floss viel Blut in diesen Tagen. Aber immerhin: Das Volk war nun frei."
„Weiter! Was geschah dann?"
„Nun, dann begann das Zeitalter der Kolonialisierungen, der Expansion. Die europäischen Mächte expandierten nach Afrika und Asien. Die Maschinen führten zur Industriellen Revolution und veränderten die Wirtschaft und die Gesellschaft von Grund auf. Und es gab Krieg. Jede Menge Krieg."

„Um welche Gebiete gab es Krieg?“
„Na, letzten Endes um die ganze Welt. Und natürlich um Europa! Da gibt es diesen charmanten, fähigen, gutaussehenden, weltgewandten, mutigen, führungsstarken, klugen, umsichtigen Feldherrn.“
„Du hast ‚bescheiden‘ vergessen“, murmelt Friedrich.
„Völlig richtig. Äußerst bescheiden ist er auch noch! Also, dieser großartige Mann hatte die Vision Europa zu einen und zu Wohlstand und Gerechtigkeit zu führen.“
„Unter seiner Herrschaft versteht sich.“
„Das versteht sich, Monsieur. Dieser Mann ist ein Korse und heißt – natürlich – Napoleon Bonaparte.“
„Na, das ist jetzt aber eine Überraschung“, meint Friedrich trocken und rollt sich auf die Seite.

„Durch die Französische Revolution und die sich verändernde politische Landschaft bot sich mir die Gelegenheit, meinen Einfluss auszubauen. Als General führte ich die französischen Armeen zu zahlreichen bedeutenden Siegen auf den Schlachtfeldern Europas. Mein Name wurde gefürchtet, und mein Ruf als militärisches Genie begann sich wie ein Lauffeuer auf der ganzen Welt zu verbreiten. 1799 ergriff ich die Macht und wurde Erster Konsul Frankreichs. Bald darauf proklamierte ich mich zum Kaiser der Franzosen." Wenn Augen in der Dunkelheit leuchten könnten, sie hätten nun bei Napoleon gefunkelt wie Diamanten.

"Aber ich bewies mich nicht nur auf militärischer und strategischer Ebene. Meine Herrschaft war auch geprägt von umfangreichen Reformen. Ich habe das Rechtssystem, die Bildung, die Verwaltung und die Wirtschaft nachhaltig veränderten. Ich schuf den Code Napoléon, ein neues Rechtssystem, das bis heute in vielen Ländern Bestand hat und höchste Anerkennung genießt. Doch damit nicht genug! Auch ist es mir und meiner visionären Führung zu verdanken, dass die Welt nun..."
Napoleon hält inne und lauscht in die Dunkelheit.
"Hallo? Monsieur?“
Ein leises Schnarchgeräusch bringt dem Kaiser die unerfreuliche Gewissheit, dass er zuletzt sein einziger Zuhörer gewesen ist. Napoleon verdreht die Augen und rollt sich nun ebenfalls auf die Seite.

Friedrich träumt in dieser Nacht höchst unruhig. In seinem Kopf dreht sich alles. Kutschen ohne Pferde. Dampfmaschinen. Handys und Zeitmaschinen. Es ist heute recht viel auf einmal gewesen, was da an neuen Eindrücken und an neuen Erfindungen auf ihn eingeprasselt ist und er tut sich nicht gerade leicht damit, alles zu verarbeiten und einzuordnen.

Immerhin, eines hat er glasklar verstanden: Er ist wieder da.

Kapitel 3.

Ein einziges Rätsel.

Berlin im Juli.

„Ich bin es aber wirklich“, beteuert Friedrich am nächsten Tag im Park der Nervenheilanstalt. Napoleon und er haben sich in einen ruhigen Winkel der Grünanlage zurückgezogen und telefonieren mit „zuhause“: Schloss Sanssouci in Potsdam. Eben jene berühmte Schloss- und Parkanlage, die nach Entwürfen Friedrichs II. erbaut worden ist. Nachdem Napoleon den Preußischen König fast den ganzen Vormittag über die Entwicklungen seit seinem Ableben unterrichtet hatte, war Friedrich schlecht geworden und jetzt hat er nur noch einen Wunsch: Der König will so schnell wie möglich nach Hause.

Nun stehen die beiden im Schatten einer mächtigen Eiche und telefonieren mit dem persönlichen Referenten des Generaldirektors von Schloss Sanssouci, Dr. Schleicher. Dabei trägt Friedrich II. eine phantastische Erfindung, die ihm Napoleon ausgeliehen hat: eine dunkle Sonnenbrille.

Napoleon hält Friedrich das Handy hin, das auf Lautsprecher gestellt ist.
„Entschuldigen Sie meine Direktheit, aber...", kommt es aus dem Telefon. „Sie befinden sich nicht zufällig in einer geschlossenen Anstalt?"
„Aber ja!", ruft Friedrich in den Hörer. „Das ist ja genau der Grund, warum ich Sie konsultiere. Ich befinde mich in der Berliner Böhheim-Klinik und wünsche umgehend nach Hause zurückzukehren. Senden Sie mir eine Kutsche, die mich abholt."
„Einen Wagen", verbessert ihn Napoleon leise.
„Pardon. Senden Sie mir einen Wagen, der mich abholt."

„Aber, das kann doch nur ein Scherz sein. Das ist doch völlig albern. Merken Sie das denn nicht?"
„Ich merke nur, dass Sie nicht gehorchen wollen, mein Lieber!" Friedrichs Stimme hat einen drohenden Unterton angenommen, woraufhin Napoleon heftig den Kopf schüttelt. „Demokratie", flüstert er und schwenkt den Zeigefinger hin und her, um zu

signalisieren, dass Befehle eines Königs heute völlig unangebracht sind.
„Ah ja, richtig.... Nun, Pardon, ich habe mich falsch ausgedrückt, Monsieur. Ich bitte höflichst und freundlichst um einen Wagen“, gibt sich Friedrich einsichtig.
„'Monsieur' – also, wirklich witzig, wie Sie das sagen", tönt es aus dem Handy. "Das ist wirklich eine tolle Story, wissen Sie, sowas hört man nicht alle Tage. Deswegen lege ich ja auch nicht einfach auf. Das werde ich meiner Tochter heute Abend beim Abendessen erzählen. Das wird sie lieben, ganz sicher. – Also, Königliche Hoheit, wenn Sie wirklich Sie sind, dann können Sie mir doch bestimmt sagen, welche Farbe Ihr Schaukelstuhl in Schloss Sanssouci hat", sagt Dr. Schleicher durchaus vergnügt.
„Erstens: Ich habe keinen Schaukelstuhl, sondern einen Lehnstuhl. Und zweitens: Mein Lehnstuhl ist in einem hellen Lindgrün gehalten.“
Für einen kurzen Moment ist es still am anderen Ende des Apparats. Nur das Zwitschern der Vögel im Park ist noch zu hören.
„Das ist richtig“, gibt der Mann sachlich zu. „In Ordnung, Sie haben Ihre Hausaufgaben gemacht. Nächste Frage: Welche europäische Nation hielten Sie für die schwächste? Das Königreich Frankreich, das Königreich Ungarn, das Königreich Spanien, Österreich oder das Königreich Dänemark?“

„Papperlapapp. Selbstverständlich das Königreich Polen."
„Wie hieß Ihr letzter Leibarzt?", kommt es nun wie aus der Pistole geschossen aus dem Handy.
„Johann Georg Ritter von Zimmermann", gibt Friedrich ohne auch nur einen Augenblick zu zögern achselzuckend zurück.
„Wie hieß die Lieblingspuppe Ihrer jüngsten Schwester, Prinzessin Anna Amalie von Preußen?"
„Sie nannte sie Mariechen", gluckst der König.
Man kann die Verblüffung am anderen Ende der Leitung fast mit Händen greifen.
„Bei Gott. Sie stecken tief in der Materie drin", sagt Dr. Schleicher schließlich und er klingt dabei durchaus verstört und etwas heiser.
„Eine letzte Frage: Warum hatten Sie Ihr Arbeitszimmer in Schloss Sanssouci gerade in dem Raum, in dem es eben war?"
„Ehrliche Antwort: wegen der Aussicht auf die Terrasse mit der Gruft darunter, in der ich immer mit meinen Hunden begraben werden wollte. Die Leute dachten, mit Sanssouci wäre das Schloss gemeint. Aber nein! Bei Sanssouci hatte ich immer meine Gruft vor Augen. Wirklich seltsam, dass ich mich nun hier wiederfinde und nicht... nun ja."
„Bei Gott", lässt sich Dr. Schleicher vernehmen.
„Bleiben Sie, wo Sie sind. Ich komme selbst."

Zufrieden machen sich die beiden auf den Weg zum Mittagessen. Nachdem sie sich gestärkt haben, ziehen sie sich in die „Alte Stube“ zurück. So nennen die Bewohner den geschützten Wohnbereich, in dem Möbel aus alten Zeiten für eine warme und geborgene Atmosphäre sorgen. Im Aufnahmegespräch mit der Chefärztin, Dr. Heike Glock, heute morgen hatte sich schnell herauskristallisiert, dass der Preußische König in die Abteilung eingewiesen werden soll, in der Menschen mit Demenz gepflegt und betreut werden.

Dr. Heike Glock war sehr freundlich gewesen und hatte dem König das Konzept der Einrichtung erklärt: Ein regelmäßiger, sich wiederholender, klar strukturierter Tagesablauf hilft den Bewohnern dabei sich zurechtzufinden. Und da eine demenzielle Erkrankung häufig mit einer allgemeinen Rastlosigkeit und Unruhe einhergeht, gibt es in der Klinik viele Bewegungsangebote. Aktivierungsspiele, kreative Beschäftigungen und ein Gedächtnistraining. „Aktiv sein und gemeinsam etwas erleben, das allen Spaß macht – das steht bei uns im Vordergrund“, hatte ihm die Chefärztin gesagt und ihm gleich Biografie-Arbeit und Ergotherapie verschrieben.

Friedrich schwänzt die Biografie-Arbeit und zieht sich mit Napoleon lieber in die Alte Stube zurück, um hier auf Dr. Schleicher vom Schloss Sanssouci zu warten.

Und tatsächlich: Schon bald nach dem Mittagessen führt eine Pflegerin Dr. Schleicher herein.
„Bei Gott“, stutzt der Mann, als er Friedrich die Hand reicht und wird so weiß im Gesicht wie Friedrichs Perücke. Der König hat inzwischen verstanden, dass es heutzutage offenbar üblich ist, sich die Hände zu schütteln und lässt dieses seltsame Ritual anstandslos über sich ergehen.
„Wie fühlen Sie sich? Geht es Ihnen nicht gut?“, fragt Napoleon besorgt, als er bemerkt, wie Dr. Schleicher kreidebleich wird. „Nur keine Sorge, hier gibt es alle paar Meter einen Pfleger oder einen Arzt“, meint er. „Ein idealer Ort, um ohnmächtig zu werden.“
Doch soweit kommt es nicht. Dr. Schleicher braucht nur einen Moment – dann hat er sich wieder gefangen und unter Kontrolle.
„Sie sehen wirklich so aus wie Friedrich der Große“, stellt er fest ohne den Blick von Friedrich zu nehmen.
„Könnte eventuell daran liegen, dass ich es bin“, gibt der König kühl zurück.
„Aber wie kann das sein? Friedrich II. ist vor mehr als 230 Jahren verstorben.“
„Ich habe nicht die leiste Ahnung“, sagt der König.
„Was soll das Ganze? Wem nützt das Ganze? Wer könnte ein Interesse daran haben?“, grübelt Dr. Schleicher kopfschüttelnd, wobei er sich an seinem Lieblingskommissar aus dem Fernsehen orientiert.

Der fragt auch immer, wer vom Tod des Ermordeten profitieren könnte.
„Das Land natürlich“, gibt Friedrich zurück. „Das Land profitiert.“
Dr. Schleicher sieht ich fragend an.
„Das Land profitiert, wenn ich wieder da bin und die Regierungsgeschäfte übernehme. Geht ja gerade alles ziemlich den Bach runter, wenn ich das richtig verstanden habe, was der gute Napoleon mir erzählt hat“, knurrt der König.
Dr. Schleicher lacht nervös. „Selbst, wenn Sie wirklich der König wären: Man taucht nicht einfach nach über 200 Jahren auf und übernimmt die Regierungsgeschäfte. So funktioniert das nicht. Deutschland ist eine Demokratie. Hier wird nur alle vier Jahre gewählt. Da können Sie lange warten, bis Sie am Ruder sind.“
„Das werden wir ja sehen“, sagt Friedrich entschlossen.

„Hätten Sie etwas dagegen, wenn ich mir ein paar Haare von Ihnen abschneide?“, will Dr. Schleicher plötzlich wissen. „Aber von den echten, nicht von der Perücke.“
„Bitte? Was wollen Sie?“, fährt ihn Friedrich an.
„Nur ein paar Haare abschneiden“, wiegelt der Mann ab. „Ganz harmlos. Drei, vier Haare. Um sie untersuchen zu lassen. Wir haben im Schloss eine

Haarlocke von Friedrich dem Großen konserviert. Wir vergleichen die Haare auf DNA-Basis. Wenn die DNA gleich ist, fresse ich einen Besen, dann haben wir ein Wunder oder eine Zeitreise oder was weiß ich. Und wenn sie DANN nicht identisch ist, dann haben wir Gewissheit, dass Sie zwar ein exzellenter Friedrich der Große-Kenner sind, aber eben nicht Friedrich der Große selbst."
„Einverstanden", nickt der König und lächelt nachsichtig. „Schneiden Sie nur, schneiden Sie, schneiden Sie", sagt er und wirbelt mit der Hand mehrfach lässig durch die Luft.

Kapitel 4.

Signierstunde.

Berlin im September.

„Na, was gibt's Neues, Fatemeh?" fragt die deutsche Außenministerin Bettina Bergmann ohne von der Mappe auf ihrem großen weißen Schreibtisch aufzusehen. Links von ihr erhebt sich ein Turm eleganter Ledermappen, die nur darauf warten von der Außenministerin abgezeichnet zu werden. Routiniert und zackig signiert die Frau mit den schulterlangen dunklen Haaren eine Mappe nach der anderen ohne den Inhalt auch nur eines Blickes zu würdigen. Was die Frage aufwirft, wo denn nun eigentlich der Fokus der Ministerin liegt? Sie konzentriert sich weder auf die Akten noch auf die Mitarbeiterin vor ihrem Schreibtisch, die laut Organisationsplan des Auswärtigen Amtes im 01 Leistungsstab im 010 Büro der Ministerin als Nummer -9 für Reden und Texte zuständig ist. In dieser Eigenschaft hat Fatemeh Hosseini die Außenministerin jeden Morgen um 9.15 Uhr in einer zehnminütigen Audienz kurz und kompakt über das aktuelle Zeitgeschehen zu unterrichten. Der Termin erscheint Fatemeh Hosseini eigentlich als völlig überflüssig, denn die Ministerin zeigt sich immer bestens informiert und entsprechend desinteressiert.

Fatemeh Hosseini unterdrückt ein Seufzen und fühlt sich einen Augenblick lang wie die halb vertrocknete Zimmerpflanze an der Fensterfront neben dem Schreibtisch der Ministerin. Das Büro ist gewaltig groß, aber alles andere als charmant. Eher funktional und nüchtern. Dunkelgrauer Teppichboden. Altmodische Wandheizkörper unter den großen, hohen Fenstern. Ein breites Regal mit Büchern, die aber eher zu Dekozwecken dienen. Schwarzer Beamtentelefonapparat auf dem Schreibtisch. Das einzig wirklich Moderne in diesem Raum ist der Computer auf dem Schreibtisch der Ministerin, der von einer angesagten Firma aus Kalifornien stammt. Vor dem Schreibtisch stehen zwei Besucherstühle. Dahinter befindet sich eine Sitzgruppe, die aus einem schwarzen Ledersofa und vier Ledersesseln besteht, die einander zugewandt sind.

„Machen Sie’s bitte kurz, Fatemeh, ich habe gleich einen wichtigen Termin.“
„Mit dem französischen Botschafter?“, fragt Fatemeh Hosseini.
„Nein, mit meiner Stylistin“, sagt Bettina Bergmann und legt eine weitere Mappe auf den rechten Stapel, der allmählich an Höhe gewinnt. Hosseini hebt eine Augenbraue. Sie ist zwar froh, den gut dotierten Job im Außenministerium ergattert zu haben, aber sie hat durchaus ihre eigene Meinung über ihre Chefin.
„Bundesministerin des Auswärtigen, Bettina Bergmann“ prangt groß, breit und mächtig ganz oben über allen anderen Positionen im Organisationsplan des Auswärtigen Amts. Man muss den Plan nicht lesen. Mit der Gestaltung allein ist schon alles gesagt. Seit Bettina Bergmann Außenministerin ist, schwebt sie über allem. Hinter vorgehaltener Hand weiß jeder im Ministerium, um was es hier eigentlich geht: Die Außenministerin hat Ambitionen auf die Kanzlerschaft und betrachtet das Ministerium als Sprungbrett auf den Spitzenposten. Die Chancen stehen nicht schlecht – zumindest theoretisch. Traditionell ist der Außenminister in Deutschland überaus beliebt. Kein Wunder: Der Außenminister reist durch die Welt, trifft sich mit den Mächtigen, spricht zu den brennenden Themen des Tagesgeschehens und hat eine gewaltige Medienpräsenz.

Bettina Bergmann ist sich dieser Macht bewusst und überlässt nichts dem Zufall. Für eine positive optische Wirkung sorgt eine Stylistin. Für ihre Dienste erhält die Stylistin als freie Mitarbeiterin eine pauschale Vergütung von 7.500 € im Monat, wie das Auswärtige Amt zähneknirschend auf Anfragen der Presse zugeben musste. Sogar auf Reisen ist die Make-up-Artistin dabei. Zahleiche Termine würden auch, so heißt es, „an Wochenenden und zu besonderen Tageszeiten" stattfinden. Eine Bettina Bergmann will schließlich immer gut aussehen – und nicht nur manchmal.

„Haben Sie schon von der Friedrich-Story gehört?", fragt Fatemeh und ihre Augen beginnen zu leuchten.
„Na klar! Mega! Mega Story! Völlig bekloppt, aber mega-unterhaltsam."
„Na, ist gar nicht so bekloppt", hält Fatemeh dagegen. „Der Typ hat tatsächlich genau die gleiche DNA wie Friedrich der Große."
„Na, das glauben Sie doch wohl selbst nicht", sagt die Außenministerin, hält kurz beim Signieren inne und wirft ihrer Redenschreiberin einen mitleidigen Blick zu. „Ich glaube gar nichts. Ich sage nur, was in der Presse steht – übrigens auch in der seriösen Presse. Sie haben die DNA dreimal hintereinander untersuchen lassen, weil sie es natürlich selbst nicht glauben konnten. Einmal von der Berliner Charité.

Dann von der Ludwig-Maximilians-Universität in München. Und schließlich vom Zentrallabor in Zürich. Das Ergebnis war immer eindeutig: das frisch abgeschnittene Haar wurde als frisch abgeschnitten bestätigt, das konservierte Haar von 1786 wurde als mindestens 200 Jahre altes Haar verifiziert und beides ist nun eben von der DNA her eindeutig und zu 100 Prozent identisch. Bis auf das letzte Chromosom. Sowas gibt's nur bei eineiigen Zwillingen. Und einen Zwilling hatte Friedrich II. nicht."

„Ja, habe ich auch gelesen", nickt die Außenministerin. „Kann aber nicht sein. Oder glauben Sie etwa an Zeitreisen?"

„Natürlich nicht", sagt Fatemeh Hosseini schnell.

„Sehen Sie, dann ist die Sache doch klar. Ach, das ist irgendein Wichtigtuer oder Verrückter und die Medien stürzen sich darauf, weil es natürlich eine super Geschichte ist. Das bringt Auflage und Klickzahlen. In ein paar Tagen ist die Sache wieder vergessen."

„Aber: Immerhin wird der Mann im Bundestag sprechen."

Die Außenministerin blickt erneut auf. „Im Bundestag? Tatsächlich?"

„Aber ja", sagt Fatemeh und freut sich, nun doch noch etwas sagen zu können, was die Ministerin noch nicht wusste. „Die CDU/CSU Bundestagsfraktion hat den Mann eingeladen, nach der regulären Plenarsitzung ein Grußwort an den Bundestag zu richten. Viel Zeit

ist allerdings nicht eingeplant dafür, 5 oder 10 Minuten, glaube ich.“
„Ach was.“ Die Ministerin ist sichtlich verblüfft und Fatemeh genießt es, endlich mal mehr zu wissen als ihre Chefin.
„Und warum? Was soll das? Was soll der da erzählen?“
„Es gibt Gerüchte, er würde eine Rede zur Lage der Nation halten.“
„Eine Rede zur Lage der Nation“, wiederholt die Außenministerin langsam, ganz so, als müsste sie sich erst an diesen Gedanken gewöhnen.
„Also. Moment, Moment, Moment. Ganz langsam von vorn. Da taucht so ein Typ auf, der behauptet, er sei Friedrich der Große, der ja bekannterweise Siebzehnhundertirgendwas...“ – „1786“, souffliert Fatemeh. „1786 verstorben ist“, fährt die Ministerin fort. „Und dann darf dieser Hochstapler sogar noch vor dem deutschen Parlament reden? Und wird sogar noch von der CDU/CSU Bundestagsfraktion dazu eingeladen? Ja, ist denn das zu fassen!“ Sie richtet sich kerzengerade auf und sieht Fatemeh mit großen Augen erstaunt an.
"Hallo? So eine Sonderbehandlung bekommen sonst nur hochkarätige Staatsgäste. Selenskyj war Gastredner, Isaac Herzog war Gastredner, König Charles III. war Gastredner..."

„Na, passt doch, jetzt ist eben König Friedrich II. Gastredner. Er sieht aus wie Friedrich der Große, er kennt alle Fakten wie Friedrich der Große – Historiker haben das mehrfach bestätigt – und er hat die gleichen Gene wie Friedrich der Große."
„Aber er ist nicht Friedrich der Große! Das ist doch ganz klar! Zu einhundert Prozent. Soweit ich weiß, ist nur ein einziger von den Toten auferstanden – und das war Jesus. Außerdem: Friedrich der Große müsste doch jetzt uralt sein." – „Über 300 Jahre", nickt Fatemeh. „Sehen Sie! Geht nicht. Muss also ein Hochstapler sein. Und so jemand darf im Bundestag sprechen? – Aber hey: Das ist gut für uns! Da können wir die CDU/CSU mal wieder so richtig in die Pfanne hauen. Aber so richtig! Verstehen Sie?"
„Klar. Völlig klar", nickt Fatemeh.
„Gut. Dann setzen Sie sich gleich mal an eine Rede für die Fraktion. Schön angriffslustig. Das müssen wir nutzen."
„Ähm… na ja… vielleicht doch nicht 100%ig klar. Vielleicht könnten Sie mir kurz ein paar Eckpunkte geben?"
„Na, so, wie ich gerade gesagt habe: Friedrich der Große seit über 300 Jahren tot. Nur einer ist von den Toten auferstanden: nämlich Jesus – oder ist das zu religiös? Ja, nee, lassen Sie das mal raus, das ist zu religiös, das ist nicht ideal. Also lieber sachlich: Friedrich der Große ist seit über 300 Jahren tot.

Hochstapler. Kann ja wohl nicht wahr sein. Bundestag wird zum Affenhaus. CDU/CSU macht Bundestag zum Affenhaus. Nee, besser: zum Irrenhaus. Beschäftigt euch lieber mal mit eurer Sacharbeit. So was eben. Schicken Sie die Rede erst nur an mich – und wenn wir mit den Korrekturrunden durch sind, dann an…" Sie überlegt kurz. „Dann an Dunja Yilmaz aus der Fraktion."

„Dunja Yilmaz aus der Bundestagsfraktion. Alles klar", nickt Fatemeh. „Und jetzt?"

„Jetzt kommt meine Stylistin", sagt die Außenministerin und unterscheibt eilig die letzte Mappe. „Sagen Sie, Fatemeh, ich hätte gern mal Ihre Einschätzung. Mal ganz ehrlich", sagt sie, blickt die Redenschreiberin gespannt an und schiebt sich mit der rechten Hand die Haare hinter das Ohr, an dem etwas Goldenes glitzert. „Wie finden Sie meine neuen Ohrringe?"

Kapitel 5.

Das Land der Ideen.

Berlin im September.

„Unsere Plenarsitzung kommt nun zum letzten Punkt der Tagesordnung", sagt Bundestagspräsidentin Annette Bräse im hohen Haus und rückt ihre Lesebrille zurecht. Sie blickt in die Runde der Abgeordneten, die es sich nach der langen Sitzung in ihren blauen, gepolsterten Sesseln schon etwas bequemer eingerichtet haben. Manche sind tief in ihre Sessel gerutscht und strecken sich nun, um die Müdigkeit abzuschütteln. "Es wird nun noch einmal ganz besonders spannend und interessant", versucht die Bundestagspräsidentin die Zuhörer zu motivieren. „Auf Einladung der CDU/CSU Bundestagsfraktion spricht jetzt das Nicht-Bundestagsmitglied, das sich selbst als Friedrich II., König von Preußen, ausgibt."

Ein Abgeordneter lacht kurz auf. "Der letzte Punkt heute ist das Letzte!", witzelt er tief in seinem Sessel lümmelnd, während er den Sessel mal nach links und mal nach rechts dreht. Dabei grinst über sein eigenes Wortspiel bis über beide Backen.
"Mit den DNA-Analysen sind Sie sicher vertraut", fährt Annette Bräse ungerührt fort. "Sie finden alle Informationen dazu in der Bundestagsdrucksache 24/9172 – FRI22. Meine Damen und Herren, wir können hier mit Fug und Recht von einer rätselhaften Anomalie sprechen." Die Bundestagspräsidentin bemerkt, wie einzelne Abgeordnete ihre Sachen zusammenpacken und den Saal verlassen, aber das sind insgesamt nur etwa 10 bis 20 Personen. Die große Mehrheit der Abgeordneten bleibt.

"Ich denke, in Anbetracht der Umstände ist es gerechtfertigt und hilfreich, dass diese Anomalie heute zu uns im Parlament sprechen darf. Wir wollen uns heute gerne selbst ein Bild von dem Herrn machen, den wir überwiegend nur aus den Medien kennen. Also dann, das Wort hat nun der Herr, der sich als Friedrich II. vorgestellt hat. Eure mutmaßlich königliche Exzellenz, herzlich willkommen im deutschen Bundestag, Sie haben das Wort."
Verhaltener, höflicher Applaus erhebt sich auf den Plätzen der Abgeordneten – mit Ausnahme der Linken, die demonstrativ schweigen.

Lächelnd tritt nun der Mann ans Rednerpult, über den das ganze Land in den letzten Tagen und Wochen gerätselt, gestritten und diskutiert hat. Der ältere, schlanke Herr trägt einen eleganten, perfekt sitzenden Anzug und eine schlichte rote Krawatte. Seine schwarzen Lackschuhe glänzen. Allein seine üppige, kunstvolle, weiße Perücke deutet darauf hin, dass er eigentlich in einem anderen Jahrhundert sozialisiert worden ist. Ohne jede Scheu steht er am Rednerpult und blickt mit großen blauen Augen munter auf die Fraktionen vor ihm, nickt ihnen freundlich zu und lächelt. Die Abgeordneten der CDU/CSU Fraktion erheben sich von ihren Plätzen und applaudieren, ebenso die Mitglieder der AfD-Fraktion. Etwas weniger enthusiastisch, aber durchaus höflich stehen auch die Abgeordneten der FDP auf und spenden Applaus. Die Linke bleibt demonstrativ sitzen, ebenso Bündnis90/Die Grünen und die SPD. Immerhin klatschen die meisten Abgeordneten der Grünen und der SPD. Die Bundesregierung steht nun ebenfalls höflich auf und reit sich zurückhaltend in den Applaus ein.

Friedrich II. verneigt sich und bedeutet den Abgeordneten mit den Händen, doch bitteschön wieder Platz zu nehmen. Friedrich der Große nimmt die Ovationen entgegen, lächelt und wartet, bis der

Applaus abebbt. Sauertöpfisch blicken die Abgeordneten der Linken den Mann an, den sie wahlweise für einen Hochstapler oder einen preußischen Monarchen halten – beides finden sie ungefähr gleich schlimm.
„Herzlichen Dank“, sagt Friedrich der Große schließlich, um dem Applaus nun ein Ende zu bereiten. „Frau Präsidentin, verehrte Abgeordnete des deutschen Bundestags.“ Der Applaus verklingt, die Abgeordneten nehmen wieder Platz.
„Es ist mir eine große Ehre, heute vor Ihnen sprechen zu dürfen. Ich bedanke mich bei der CDU/CSU Bundestagsfraktion für die Einladung.

In den letzten Tagen und Wochen gab es viele Spekulationen. Heute möchte ich für Klarheit sorgen. – Meine sehr verehrten Damen und Herren…“
Friedrich macht eine kurze Pause und blickt in die Reihen der Abgeordneten, die neugierig zuhören.
„Ja, ich bin es tatsächlich.“

Einige Abgeordnete glucksen und drehen sich amüsiert in ihren blauen Drehstühlen hin und her.
„Vor Ihnen steht Friedrich II., König von Preußen, Markgraf von Brandenburg und Kurfürst des Heiligen Römischen Reiches. Da das Heilige Römische Reich ja – wie bekannt sein dürfte – nicht mehr existiert, können wir auf diese ganzen Titel gerne verzichten, sie

sind mir nicht wichtig. Wichtig ist mir etwas anderes: nämlich Deutschland, unser Vaterland.“
Bei der CDU/CSU- und AfD-Fraktion brandet Applaus auf. Friedrich macht eine beschwichtigende Handbewegung.

„Die alles entscheidende Frage lautet: *Warum* bin ich zurück? Was soll das alles? – Ich kann Ihnen sagen: Es war nicht meine Entscheidung zurückzukehren. Ich war, soweit ich mich erinnern kann, zuletzt Sanssouci, ganz ohne Sorgen. Aber eine höhere Macht – vielleicht das Schicksal, vielleicht der Allmächtige, ich weiß es nicht – haben mir auferlegt zurückzukehren. Nicht, um als König zu herrschen. Sondern, um als erfahrener Staatsmann zu dienen.“
Wieder unterbricht lauter Beifall die Rede, diesmal auch mit Unterstützung der FDP.

„Früher pflegte ich zu sagen: Ich bin der erste Diener meines Staates. Heute sage ich: Ich bin der erste Diener unseres Staates. Ich sage das mit reinem Herzen: Ich gratuliere Ihnen zu Ihrer wundervollen parlamentarischen Demokratie." Er macht eine weite Geste und würdigt den gesamten, riesigen Plenarsaal mit dem Bundesadler an der Wand. "Die ikonische Glaskuppel des Bundestags sorgt nicht nur für Licht, sondern auch für Transparenz. Ich finde es großartig, dass die Bürgerinnen und Bürger ihren Vertretern

dabei zusehen können, wie sie diskutieren und um die beste Lösung ringen. Sie haben sich weiterentwickelt und ich finde: Sie haben sich in eine sehr gute Richtung weiterentwickelt. Ich habe mich informiert, welche Arten des Regierens es heute auf der Welt gibt. In meinen Augen ist die parlamentarische Demokratie die klügste, gerechteste und edelste von allen.“
Zum ersten Mal applaudiert der gesamte Bundestag. Mit Ausnahme der Linken, die noch immer verbissene Gesichter machen.

„Sehr verehrte Damen und Herren, ich bin nicht hier, um meinen Thron zu fordern. Ich bin nicht hier, um alte, längst vergangene Zeiten wieder aufleben zu lassen oder ihnen hinterherzutrauern. Ich bin hier, um Deutschland zu dienen. Ich bin hier, um diesem großartigen Land und seinen Bürgerinnen und Bürgern meine Dienste anzubieten. Ich bin hier, weil ich mir als Reformer einen Namen gemacht habe und bekannt dafür bin, mit Preußischen Tugenden für das Wohl des Landes zu arbeiten. Unermüdlich und hartnäckig, bis das Ziel erreicht und die Zukunft gesichert ist. Deshalb bin ich hier. Und nicht aus Eigennutz.“
Wieder applaudieren alle Fraktionen – mit Ausnahme der Linken.

„Meine Damen und Herren, ich gebe zu: Es war nicht einfach, mich in Ihrer Zeit zurechtzufinden. Viele historische Geschehnisse haben mir den Magen umgedreht. So viel blinde Wut, so viel Fanatismus, so viel Irrsinn, so viel Menschenhass. Er bricht mir das Herz, wenn ich an all das Leid und an all die Zerstörungen denke, die in den letzten 300 Jahren über die Welt hereingebrochen sind. Mein Herz blutet. Und es blutet umso heftiger, da ich weiß, dass unser Land gleich zweimal verantwortlich für so viel Leid war. Ich habe mich in den letzten Wochen intensiv und schmerzhaft mit der Geschichte beschäftigt. Mir ist klar: Ich kann und will diese Rede nicht halten, ohne meine tiefe innere Abscheu vor dem Holocaust zum Ausdruck zu bringen, bei dem etwa 6 Millionen Jüdinnen und Juden von Adolf Hitler und seinen Nazi-Schergen verfolgt, bedrängt, gedemütigt, gefangen und bestialisch, grausam und völlig unmenschlich ermordet worden sind.

Der Holocaust mag viele Jahre zurückliegen, aber diese Geschehnisse bringen eine Verpflichtung für Deutschland mit sich, die zeitlos ist. Eine Verpflichtung, der wir uns hier und jetzt zu stellen haben. Es ist die Verpflichtung, meine Damen und Herren, für die Menschlichkeit einzutreten und sie zu schützen. Der bestialische Terroranschlag der Hamas auf unschuldige Männer, Frauen und – mein Gott! –

Kinder und Säuglinge muss uns genauso ins Herz treffen wie alle Jüdinnen und Juden. Ich habe Bilder gesehen, auf denen ein frecher Mob, ein dreister Pöbel auf unseren Straßen diesen Terror feiert. Meine Damen und Herren: Das ist unerträglich und muss vom Staat mit aller Kraft entschieden unterbunden werden."
Nun sind sogar die Linken zufrieden und es applaudiert erstmals der gesamte Bundestag. Sogar der Saaldiener klatscht.

„Der Weg zurück in die Staatengemeinschaft und in die Zivilisation ist Deutschland überraschend gut gelungen. Chapeau, Mesdames et Messieurs! Chapeau!

Der deutsche Erfindergeist und Fleiß hat dafür gesorgt, dass die Menschen in diesem Land in guten Verhältnissen leben können. Unsere Schutzmacht, die USA, haben ihre Hand über uns gehalten, das wollen wir nie vergessen. Ich weiß das alles. Ich weiß aber auch, dass sich dieses Land seit den letzten Regierungen im Zerfall befindet. Es geht nicht mehr voran, es geht bergab. Meine Damen und Herren, ich stehe heute vor Ihnen, um das zu ändern."
Jubel von der AfD-Bundestagsfraktion und Applaus von der CDU/CSU-Faktion. Verhaltenes Klatschen von

der FDP und den Linken. Betretene Mienen bei der SPD, den Grünen und auf der Regierungsbank.

„Meine Damen und Herren, der ehrliche Blick auf unser Land tut weh, aber wir können ihn uns nicht ersparen. Ich stehe nicht hier, um etwas zu beschönigen, sondern, um etwas zu bewegen. Der Wohlstand hat uns satt und zufrieden gemacht. Unsere politische Führung hat das Land müde und kraftlos verwaltet, aber nicht mit frischen Ideen weiter vorangebracht. Wir sind hinter den anderen europäischen Nationen zurückgefallen. Das Land siecht vor sich hin. Die Geier kreisen über uns." Betretenes Schweigen auf den Plätzen.

„Unsere Wirtschaft: unter Druck. Unsere Sozialkosten: erdrückend. Unsere Energiekosten: zu hoch. Unser Bildungsniveau: zu tief. Unser Fachkräftemangel: gewaltig. Unsere Bürokratie: kafkaesk. Unsere Beamten: ambitionslos. Unser Militär: kaputtgespart. Unsere Verwaltung: veraltet. Unsere Bahn: unzuverlässig. Unsere Einwanderungspolitik: ein Desaster. Unsere politische Führung: eine Katastrophe. Nun spreche ich Sie, Herr Bundeskanzler, an." Mit diesen Worten wendet sich Friedrich der Große an Bundeskanzler Anton Holz, der auf der Regierungsbank sitzt und mit seinem Handy beschäftigt ist. „Wie können Sie es wagen, dieses

große Staatsamt noch weiter mit ihrer Anwesenheit zu beschmutzen?“
Tumultartiger Beifall bei der AfD-Fraktion.
Stürmischer Beifall von der CDU/CSU-Faktion.
Hämischer Beifall von den Linken. Feindselige Blicke von der SPD-Fraktion sowie von Bündnis 90/Die Grünen. Schockstarre auf der Regierungsbank.

„Sie lassen dieses Land in aller Gemütlichkeit vor die Hunde gehen. Sie unternehmen nichts. Oder noch schlimmer: Sie unternehmen das Falsche, um Deutschland zu retten. Die Politik der ruhigen Hand, für die schon ihre Vorgängerin bekannt war, ist in so einer Situation nur eines: völlig falsch.
Vielleicht kennen Sie das Sprichwort: In Gefahr und höchster Not bringt der Mittelweg den Tod. Sie jedoch sind der Meister des Mittelwegs. Der Meister des Mittelmaßes. Der Meister der Kleingeistigkeit."
Volksfeststimmung auf den Plätzen.

Unbeirrt fährt Friedrich II. fort: "Nötig ist jetzt etwas völlig anderes: Wir brauchen eine große, tragfähige Vision für die Zukunft. Keine Phantastereien, sondern eine valide, zukunftsorientierte Basis, die wie ein unwiderstehlicher Magnet die besten Köpfe der Welt anzieht. Wir brauchen Ideen, Mut, Aufbruchstimmung, Zuversicht, Planungssicherheit und Tatkraft. Wir brauchen den Hunger nach Erfolg.

Wir brauchen die Lust am Gestalten, am Verändern, am kreativ sein. Wir brauchen die große Wende. Und wir brauchen sie jetzt."
Frenetischer Beifall unterbricht die Rede. Ein Beifall, wie es ihn im Bundestag nur selten gegeben hat. Kanzler Anton Holz muss schlucken. Sein Gesicht ist wie versteinert. Seine Ministerinnen und Minister, die anfangs noch gut gelaunt zugehört und nebenbei auf ihren Smartphones getippt haben, sind mit ihrer Aufmerksamkeit nun ganz bei Friedrich. Ihre Mienen sind ernst.

„Wenn ich Deutschland heute sehe, dann sehe ich einen gefesselten Riesen. Ich sehe eine europäische Großmacht mit unbegrenztem Potential. Ich sehe neuen Wohlstand, der uns aus der Rückbesinnung auf Preußische Tugenden erwächst. Diese sind: Pflichtbewusstsein. Disziplin. Fleiß. Redlichkeit. Und Ehrgeiz. Diese Tugenden führen dazu, dass wir alles erreichen können, wenn wir es nur genug wollen. Wo ein Wille ist, da ist auch ein Weg! Wir brauchen diesen unbedingten, diesen starken Willen, meine Damen und Herren! Damit fängt alles an."
Zwischenbeifall aus den Reihen der FDP, in den die AfD-Fraktion und die CDU/CSU-Faktion einstimmen.

„Deutschland ist keine Hängematte, auf der man sich ausruhen kann. Deutschland ist vielmehr die

Möglichkeit, sich zu entwickeln, zu wachsen und sich selbst mit fleißigen Händen und klugem Kopf Wohlstand zu erarbeiten. Der Staat ist zu einem Kindermädchen geworden, das seinen Bürgern den Mund abwischt und das Fläschchen reicht. Damit muss Schluss sein! Die Bürger müssen wieder selbstständig werden. Sie müssen ihr Glück und ihr Schicksal wieder selbst in die Hand nehmen."
Frenetischer Beifall von der FDP, lauter Jubel bei der CDU/CSU und bei der AfD, feindselige Blicke bei den Linken, den Grünen und der SPD.

„In den letzten Jahren ist uns der Kompass abhandengekommen. Nun sind wir bei Blitz, Donner und Regen auf stürmischer See und haben Schlagseite. Das Wasser dringt ein. Schon laufen die ersten zu den Rettungsbooten, um ihre Haut zu retten. Ich sage: Nur keine Panik. Ruhe ist die erste Bürgerpflicht. Mit vereinten Kräften kriegen wir das Schiff wieder flott. Der Kompass ist schnell gefunden: Es ist der gesunde Menschenverstand. Oft müssen wir nur 1 und 1 zusammenzählen.

Wir haben kein Geld für Bildung, Militär, Medizin und Infrastruktur? Oh doch! Das haben wir! Wir müssen nur unsere immensen Ausgaben mit Vernunft gestalten. Aus Zeitgründen kann ich heute keine detaillierte Haushaltsplanung vorstellen. Aber hier ein

Beispiel dafür, wo ich ansetzen möchte: Wie leisten uns ein Bundesministerium für wirtschaftliche Zusammenarbeit und Entwicklung. Dieses Ministerium fördert das Ausland mit 12 Milliarden Euro. In guten Zeiten: schwindelerregend großzügig. Aber in schlechten Zeiten: völlig irrational! Jeder vernünftige Staatsmann würde die 12 Milliarden im Inland investieren und nicht ans Ausland verschenken.

Ein weiterer Ansatzpunkt: Wir haben 1,7 Millionen Arbeitslose, die arbeitsfähig sind, die keine Angehörigen pflegen und die keine Kinder versorgen müssen. Gleichzeitig haben wir 760.000 offene Stellen. Wunderbar, da sollte es ein Leichtes sein, diese Stellen in kürzester Zeit zu besetzen. Wer arbeiten kann, der soll auch arbeiten müssen. So einfach ist das. Wir müssen die Seile der sozialen Hängematte kappen, dann haben wir auf anderen Feldern wie Digitalisierung und Bildung wieder Spielraum."

Lautstarke Entrüstungsrufe von den Linken, den Grünen und der SPD, Beifall von der FDP sowie von der CDU/CSU und der AfD.

„Verstehen Sie mich nicht falsch: Wer in eine Notlage geraten ist, den wollen wir als starke Gemeinschaft auch weiterhin auffangen. Wir können einander helfen und wir werden einander helfen. Ich möchte den Sozialstaat nicht abschaffen. Nein, diese Errungenschaft muss bestehen bleiben. Aber: Es

muss wieder gerecht und vernünftig zugehen. Wer in Not ist, dem wollen wir helfen wieder auf eigenen Beinen stehen zu können. Ich bin sogar dafür, dass wir die Leistungen für Menschen in Not deutlich erhöhen. Deutlich heißt: Nicht 30 € mehr im Monat, sondern 30% mehr im Monat! Ja, das geht, weil wir an anderer Stelle die Ausgaben radial senken. Und: Wer sein Leben lang tüchtig gearbeitet hat, soll auch weiterhin seine wohlverdiente Rente erhalten. Selbstverständlich. Mit der Hängematte meine ich Menschen, die arbeiten könnten, es aber nicht wollen und der Allgemeinheit zur Last fallen. Das müssen wir abstellen. Das macht keinen Sinn – und wenn Sie noch so sehr dagegen lärmen."
Die Entrüstung schwillt noch weiter an und der Applaus kann die Misstöne nicht überstimmen.
„Mäßigung! Darf ich Sie um Mäßigung bitten", sagt Bundestagspräsidentin Annette Bräse ins Mikrofon. Allmählich kehrt wieder Ruhe ins Parlament ein.

„Ich bin nicht hier, um Ihnen allen zu gefallen. Ja, ich werde mir Feinde machen. Ja, es wird Menschen geben, die schimpfen und Gift und Galle spucken. Meine Medizin mag bitter sein – aber sie wirkt. Hier ist mein Angebot an Deutschland: Schenken Sie mir Ihr Vertrauen und unterstützen Sie mich dabei, eine neue Partei zu gründen.

Meine Vision für Deutschland ist einfach: Deutschland muss das werden, was wir früher waren: Das Land der Ideen. Das Land der Tüftler, Forscher, Denker. Das Land, in dem große Erfindungen entstehen. Das Land, das für seine Tugenden bekannt ist: Einfallsreichtum, Fleiß, Disziplin. Das ist meine Vision für Deutschland. Packen wir's an. Vielen Dank."

Großer Tumult auf allen Plätzen. Besonders bei der CDU/CSU-Faktionen, bei denen viele Mitglieder gehofft hatten, den König auf ihre Seite ziehen zu können.

Ungerührt fährt der König fort: "Gewähren Sie mir eine Legislaturperiode lang die Möglichkeit, Deutschland aus dem Schlamassel zu ziehen. In diesen vier Jahren werde ich schaffen, woran die Regierungen seit vielen Jahrzehnten gescheitert sind. Ich werde Deutschland erneuern. Ich werde Deutschland umkrempeln. Ich werde dem Land wieder auf die Beine helfen und zu alter Größe zurückführen. Ich werde Veränderungen durchsetzen und harte Entscheidungen treffen. Seien Sie versichert: Nicht ich werde regieren, sondern der gesunde Menschenverstand. Leider ist meine Redezeit begrenzt und ich muss nun zum Schluss kommen.

Was geschieht nun als Nächstes? Ich bitte um Ihre Unterstützung. Tragen Sie sich bitte online als Unterstützer für meine neu zu gründende Partei ein, die Friedrich Partei. Wenn ich das Gefühl habe, dass genügend Unterstützung da ist, werde ich bei der kommenden Bundestagswahl antreten. Meine Damen und Herren, ich danke Ihnen."

Friedrich der Große lächelt, tritt vom Rednerpult zurück, stellt sich neben das Pult und verneigt sich. Der Tumult, der nun losbricht, ist unbeschreiblich. Während die Abgeordneten der CDU/CSU-, FDP- und AfD-Fraktion sich erheben und applaudieren, hält es die Grünen und Linken sowie manche Abgeordneten der SPD kauf auf ihren Plätzen, sie schreien und tobten und deklamieren und rufen durcheinander. Was genau, ist im allgemeinen Getöse nicht zu verstehen.

„Beruhigen Sie sich. Ruhe! Bitte Ruhe!", verlangt Bundestagspräsidentin Annette Bräse. Doch diesmal dauert es lange, bis sich die Abgeordneten beruhigt haben. So einen Auftritt, das kann man ohne Zweifel festhalten, hat es im Bundestag noch nie gegeben.

Kapitel 6.

Der große Unbekannte.

Hamburg im September.
„Guten Abend und herzlich willkommen“, beginnt der bekannte und beliebte Moderator Giovanni Lorenz seine Nachrichtensendung im öffentlich-rechtlichen Fernsehen. Heute trägt Giovanni Lorenz einen besonders schicken hellblauen Anzug, der einen leichten Schimmereffekt hat und an Samt erinnert. Man könnte glauben können, der Moderator hätte sich heute besonders in Schale geworfen, weil er die hohen Einschaltquoten der Sendung bereits ahnt.

„Schon seit Wochen blickt Deutschland gebannt auf den Mann, der aussieht wie Friedrich der Große, redet wie Friedrich der Große und laut dreier unabhängiger Genanalysen auch noch die gleichen Gene hat wie

Friedrich der Große. Aber, wer ein bisschen nachdenkt, weiß natürlich, dass Friedrich bereits 1786 verstorben ist. Wer also ist dieser Mann und – noch wichtiger – was will er? Zumindest auf die letzte Frage könnte es seit heute eine Antwort geben. Denn dieser Friedrich der Große beziehungsweise der große Unbekannte hat heute auf Einladung der CDU/CSU-Fraktion eine sogenannte Gastrede im deutschen Bundestag gehalten."

Die Kamera springt zurück und die Zuschauer sehen nun das abgedunkelte, mit indirektem Licht beleuchtete Studio mit dem geschwungenen, breiten Moderatorentisch, der an ein futuristisches Raumschiff erinnert. „Wir schalten jetzt live in den Bundestag zu unserer Reporterin Heike Bonifatz."
Das Bild einer Reporterin mit langen, gelockten roten Haaren im dunklen Blazer erscheint. Heike Bonifatz steht vor dem Bundestag, über den sich die Abenddämmerung gesenkt hat.

„Heike, du bist noch immer vor Ort. Es haben sich heute ja teilweise tumultartige Szenen abgespielt. Was genau ist da passiert?"
„Ja, das war wirklich ein Auftritt, wie es ihn nicht so häufig gibt im Bundestag. Der Mann, der sich als Friedrich der Große ausgibt, hat heute eine Rede gehalten und erklärt, als dass er der nächste

Bundeskanzler werden möchte. Er sprach von einer großen Wende, die er in Deutschland herbeiführen will und entwarf eine Vision von Deutschland als dem Land der Ideen."

„Das ist in der Tat eine verrückte Geschichte, Heike. Hat er denn auch erklärt, wie er sich das Ganze vorstellt? Der Bundeskanzler wird ja kaum sagen: Okay, alles klar, übernehmen Sie."

„Richtig, das wird der Bundeskanzler wohl kaum sagen. Im Gegenteil, Anton Holz hat heute richtig schwere Attacken einstecken müssen. Insgesamt hat Friedrich II. – nennen wir ihn jetzt einfach mal so – ein sehr düsteres Bild von Deutschland gezeichnet und sich sozusagen als Heilsbringer positioniert."

"Und wie möchte er die Dinge im Land verbessern?"

„Tja, da sind noch viele Fragen offen. Friedrich II. sprach von einer neuen Vision für das Land, von starken Ideen und von Einfallsreichtum. Insgesamt sollen Bedingungen herrschen, die Talente aus der ganzen Welt wie ein Magnet anziehen. Aber wie das konkret alles funktionieren soll, das hat Friedrich II. heute noch nicht gesagt. Fairerweise muss man festhalten: Dafür war seine Redezeit wohl auch zu kurz. Immerhin hat er Beispiel genannt, wo er ansetzen möchte. So scheint er die 12 Milliarden Euro Entwicklungshilfe lieber im Inland einsetzen zu wollen. Und er sprach auch davon, dass die 1,7

Millionen arbeitslose, aber arbeitsfähige Menschen zwingend arbeiten müssten, um die Kassen zu entlasten.“

„Heike, zumindest der letzte Punkt klingt nach Abbau des Sozialstaats. Ist das so geplant?“

„Nein, das kann man so nicht sagen. Er möchte zwar die 1,7 Millionen arbeitsfähigen Arbeitslosen unbedingt in Beschäftigungsverhältnisse bringen, aber er hat auch betont, dass das Gemeinwesen weiterhin alle unterstützen müsste, die in Not geraten sind. Diesen Menschen möchte er sogar die Leistungsbezüge um 30% erhöhen.“

„Also: Satte Leistungserhöhungen für Menschen in Not auf der einen Seite und harte Einschnitte für alle arbeitsfähigen Arbeitslosen. Wie will er das denn politisch umsetzen?“

„Nun, Friedrich II. hat angekündigt, eine eigene Partei zu gründen, die Friedrich Partei. Und für diese Partei möchte er auch zur nächsten Bundestagswahl als Kanzlerkandidat antreten – wenn er den nötigen Rückhalt bekommt."

"Der König möchte sich also von den Bürgerinnen und Bürgern in die Regierung wählen lassen und dazu eine eigene Partei gründen. Ist es denn ausgeschlossen, dass etwas völlig anders dahintersteckt, etwa Werbung für einen Kinofilm oder so etwas? Immerhin ist die ganze Geschichte ja mehr als sonderbar und skurril.“

„Gute Frage. Was wirklich dahintersteckt wird wohl erst die Zeit zeigen. Aber: Nach Satire sieht das Ganze nun nicht aus. Friedrich wirkte in seiner Rede ernst und von reiner Satire geht hier eigentlich niemand aus. Von den Regierungsparteien gab es auch schon heftigen Gegenwind, die nehmen das Ganze sehr, sehr ernst."
„Vielen Dank Heike Bonifatz aus Berlin", sagt der Moderator und die Kamera springt wieder nah an ihn heran. „Und wie dieser Gegenwind heute konkret aussah, das erfahren wir jetzt in einer Zusammenfassung von Ansgar Böhm und Silke Gottsched."

Die Zuschauer sehen nun eine Pressekonferenz mit einer drahtig-schlanken, hochgewachsenen Frau Mitte 30 mit einer langen pechschwarzen Lockenpracht. Über das Bild wird eingeblendet: Dagmar Engel-Schwallitzki, Vorsitzende der Bundestagsfraktion Die Linke. Mit fester, selbstbewusster Stimme erklärt sie angriffslustig: „Bildung, Bürokratie, Bahn – da geh' ich mit. Die Regierung steht vor einem Scherbenhaufen, keine Frage. Aber: Wenn mir ein über 300jähriger Mann frischen Wind verspricht, wenn er am Ruder ist, dann ist das ja wohl nur noch eines: nämlich ziemlich schräg, meine Damen und Herren." Sie grinst, denn sie hat die ersten Lacher auf ihrer Seite. „Ja, das Land muss reformiert werden. Aber doch nicht so! Doch nicht mit so einer plump-brutalen Kahlschlag-Methode bei 1,7 Millionen Hilfsbedürftigen. Verzeihung, aber es kommt nun mal nicht jeder mit einem goldenen Löffel auf die Welt! Den Reichen geht's gut und die sozial Schwachen beißen die Hunde, damit das Militär aufgerüstet werden kann – das kann ja wohl nicht die Lösung sein! Ich sage: Finger weg von den Sozialausgaben! Finger weg! Oder Sie spalten das Land. Es gibt nun mal Bürger*innen, die dringend aus das Bürgergeld darauf angewiesen sind, weil sie sonst keine Möglichkeit haben."

Dann gibt es einen Schnitt und die Zuschauer sehen einen Mann im Anzug am Rednerpult, der entfernt an einen Uhu erinnert. Lange Nase, strenger Blick, hochgezogene Schultern unter dem grauen Jacket. Über dem Bild wird eingeblendet: Joachim zur Pfalz, Abgeordneter der SPD. Im Hintergrund erkennt man die große Aula der SPD-Parteizentrale in Berlin, das Willy-Brand-Haus.
„Es ist mir zuwider, auf Populisten einzugehen, aber manchmal muss es eben sein. Ich kann nur davor warnen, ja, sehr entschieden davor warnen, Populisten auf den Leim zu gehen. Populisten erkennt man oft daran, dass für sie immer alles ganz einfach ist. Die Regierung ist doof, hat keine Ahnung und müsste die Probleme nur mal richtig anpacken. 1,6 Millionen arbeitsfähige Arbeitslose und 760.000 offene

Stellen – kriegt man doch easy zusammen, heißt es dann zum Beispiel. Aber die Wahrheit ist: Nein, so einfach ist es leider nicht. Das sind hochkomplexe, vielschichtige und facettenreiche Themengebiete. Da kann man nicht einfach mal was ausprobieren! Denn: Da hängen Schicksale dran. 1,7 Millionen Schicksale. Von Menschen, von Familien. Kurzum: Alles, was ich hier heute von diesem selbsternannten Friedrich gehört habe, war Populismus pur. Da kann ich nur sagen: Nein, danke! Das brauchen wir nun wirklich nicht. Ich bin mir sicher, die Bürgerinnen und Bürger sehen das genauso und in ein paar Wochen kräht kein Hahn mehr danach."
Die Kamera fährt eine Reihe von Zuschauern in der SPD-Parteizentrale ab, die zustimmend nickten und überzeugt klatschten.

Es gibt erneut einen Schnitt und die Zuschauer sehen nun eine Frau Ende 40 an einem Rednerpult mit einer grünen Wand im Hintergrund. Sie hat lange schwarze Haare mit einigen grauen Strähnen, die sie zu einem Zopf geflochten trägt. Ihr graues Jacket ist betont unprätentiös. Über das Bild wird eingeblendet: „Dunja Yilmaz, Bündnis 90/Die Grünen". Die Frau hebt den Zeigefinger und sagt nachdrücklich: „Liebe Leute! Friedrich der Große ist seit über 300 Jahren unter der Erde. Punkt. Wer nun ernsthaft behauptet, Friedrich der Große zu sein, der ist in Wirklichkeit nur eines:

ein Hochstapler. Es kann ja wohl nicht wahr sein, dass die CDU/CSU-Fraktion solche Märchen glaubt. Damit macht die CDU/CSU den Bundestag zum Affenhaus, ja, zum Irrenhaus! Dabei – und da hat der Herr durchaus Recht – gibt es viel zu tun in Deutschland. Mein Rat an die verehrten Kolleg*innen aus der CDU/CSU: Beschäftigen Sie sich lieber mal mit der Sacharbeit – und nicht mit abstrusen Reinkarnations- und Verschwörungstheorien. Und überhaupt: Mit Preußischen Tugenden aus der Vergangenheit munter in die Zukunft marschieren – was für ein bekloppptes Konzept ist das denn?!“ Die Kamera blendet nun einige Menschen aus dem Publikum ein, die begeistert applaudieren.

„Also: Jede Menge Gegenwind für den König“, fasst der Moderator zusammen. „Man darf gespannt sein, was da noch alles passieren wird. Wir bleiben dran.“

Kapitel 7.

Eine Idee fast ohne Budget.

Potsdam im Oktober.
„Sagen Sie, lieber Mark, wie viele Seiten hat Ihr Vortrag?“, fragt Friedrich II. in Schloss Sanssouci im barocken und pompös golden und verschnörkelt gestalteten Konzertzimmer.
Mark, den der König zu Beginn seiner Reise im Roten Rathaus kennengelernt hat und den er inzwischen als seinen Privatsekretär engagiert hat, wirft einen kurzen Blick auf sein Notebook.
„142 Seiten“, antwortete er.
„Schön. Sie sind ein tüchtiger Bursche, Mark. Respekt, Respekt. Aber: Sparen Sie einem alten Mann eine Menge Zeit, die er nicht hat und tragen Sie mir nur die letzte Seite vor. Die Quintessenz sozusagen.“

Friedrich lehnt sich auf seinem barocken Holzstuhl zurück, der golden verziert und mit rotem Samt bezogen ist. Dabei knarzt der Stuhl, als würde er jeden Moment zusammenfallen. "Beginnen Sie, beginnen Sie", drängt er ungeduldig.
Mark macht ein Moment lang ein gequältes Gesicht und schaltet den Projektor ein, der seine Präsentation auf eine weiße Leinwand wirft. All die viele Arbeit – umsonst.

„Kurz gesagt, Eure Majestät: Wenn es so weitergeht, dann schaffen wir es auf gar keinen Fall. Im Moment haben wir gerade mal 624 Parteimitglieder für unsere Sache gewinnen können. Das ist leider viel zu wenig. Bedenken Sie, Majestät: Deutschland hat rund 60 Millionen Wahlberechtigte."
„Oh", macht der Monarch bedauernd und sieht erst betreten zu Boden und dann suchend zur weißen Decke mit den goldenen Ornamenten.
„Wie bedauerlich. Was schlagen Sie vor?"
„Die Sache ist klar", meint Mark. „Wir müssen mehr tun. Das wird kein Selbstläufer."
„Ja, ja", nickt der König. „Aber was?"
„Na, alles! Wir brauchen Aktivierungsmaßnahmen! Also Maßnahmen, die dazu führen, dass sich Menschen unserer Sache anschließen. Wir brauchen Parteimitglieder, Förderer, Fans, Freunde,

Unterstützer, Sponsoren, Sympathisanten – kurzum: Wir brauchen alles und jeden. Wir brauchen alle."

„Na dann: Los geht's", meint der König.

„Leider haben wir kaum Budget für Werbung."

„Budget für Litfaßsäulenanstriche?"

„Im Prinzip ja", nickt Mark. „Nur, dass die Litfaßsäulen eher im Internet stehen sollten. Und: Wir brauchen vor allem eine gute Idee dafür."

„Also benötigen wir eine Idee fast ohne Budget", reimt der König.

Die beiden schweigen eine Weile und lassen ihre Blicke suchend durch den Raum wandern.

Das Konzertzimmer ist überschaubar groß, hat kunstvoll ausgearbeitetes Schachmusterparkett, ist an den Wänden mit gold-gerahmten Gemälden verziert und wird von einem gewaltigen Kronleuchter erhellt, der den Raum in einigermaßen helles Licht taucht.

„Könnten wir nicht einen Dichter engagieren, der für uns die richtigen Worte findet?", fragt der König.

„Daran habe ich auch schon gedacht. Für eine große Werbeagentur ist unser Crowdfunding-Budget im Moment leider viel zu knapp. Aber einen freien Texter, ja, das könnte klappen."

„Dann finden Sie den Richtigen und engagieren Sie ihn", sagt der König und steht auf. Ein untrügliches Zeichen dafür, dass das Gespräch beendet ist.

„Irgendwelche Vorgaben?“, will Mark wissen. Der König hält einen Moment inne.
„Sollte gedient haben. Und sollte nicht zu geschwätzig sein“, meint der König und eilt davon.

Es dauerte einige Tage, dann hatte Mark den Texter gefunden (glaubt er) und zu einem Kennenlerngespräch eingeladen. Die Sonne scheint herrlich und Friedrich II. hat darum gebeten, das Gespräch bei einem Spaziergang durch den Park zu führen. Doch als Friedrich zum vereinbarten Zeitpunkt um 10 Uhr morgens im Park zu Fuße der langen Treppe erscheint, ist vom Poeten weit und breit nichts zu sehen. Der König blickt sich um und saugt die frische Luft genüsslich ein. Schloss Sanssouci, das prächtige Preußische Rokoko-Juwel, erhebt sich vor ihnen auf einem sanft ansteigenden Hügel, umgeben vom weitläufigen Park. Das Schloss ist ein Meisterwerk in Pastellgelb, das sich zart gegen den klaren blauen Himmel abzeichnet. Seine filigrane Fassade ist geschmückt mit kunstvollen Verzierungen. Die langen, bodentiefen Fenster reflektieren das Sonnenlicht und verleihen dem Gebäude eine luftige Leichtigkeit. Auf dem Dach thronen vergoldete Figuren und Balustraden, die einen Hauch von königlicher Pracht ausstrahlen und die Sinne in vergangene Epochen von Glanz und Macht entführen.

Der Schlossgarten ist ein Wunderwerk der Landschaftsarchitektur. Terrassenförmig erstrecken sich die Weinberge den Hang hinab, eingerahmt von symmetrischen Beeten. Über die ganze Anlage verteilt, lassen sich überall marmorne Statuen und Skulpturen entdecken, die mythologische Szenen darstellen und eine mystische Atmosphäre schaffen.

Im Zentrum des Parks liegt ein großer, ruhiger Teich, dessen glatte Oberfläche das Schloss und die majestätischen Bäume der Umgebung spiegeln. Eine Allee aus Kastanien und Linden führt von hier aus in alle Richtungen und lädt Besucher zu Spaziergängen ein. Eine sanfte Brise trägt den Duft der Pflanzen durch die Luft bis zur Nase des Monarchen. Friedrich schließt die Augen und atmet tief durch.

Als er die Augen wieder öffnet, fällt sein Blick auf Mark. „Na, wo ist er denn?“, fragt der König. „Hier ist sie“, sagt Mark und eine junge Frau neben ihm machte Anstalten dem König die Hand zu reichen. „Darf ich vorstellen: Das ist Caro, freie Texterin aus Berlin.“
Friedrich wirkt kurz überrascht. Doch dann ergreift er galant die Hand der jungen Frau, dreht sie sanft und deutet einen Handkuss an. Die Frau hat brünette Haare, die lässig auf ihre Schultern herabfallen und

sie scheint kaum älter als vielleicht 27 oder 28 Jahre zu sein.
„C'est un plaisir, Madame Caro. Kommen Sie, gehen wir ein Stück."
„Nennen Sie mich einfach Caro", sagt Caro und lächelte spitzbübisch. Dabei hält sie ihre Lippen geschlossen, wodurch ihre runden Wangenknochen betont werden, was ganz hinreißend und sehr charmant aussieht, findet der König. Ihr Kinn ist ausgeprägt und rund, steht einen Tick hervor und verleiht ihr einen interessierten Ausdruck. Ihre Augenbrauen sind gepflegt, aber weitgehend natürlich und nicht etwa zu dünnen Strichen geformt. Caro ist schön, aber auf eine entspannt und natürliche Art. An ihr ist nichts Künstliches und Aufgesetztes. Sie legt es nicht darauf an schön zu sein, sie ist es einfach. Attraktiv sind auch ihre großen blauen Augen, die etwas Reines und Ehrliches ausstrahlen.

„Verzeihen Sie mir, dass ich Sie nicht gleich zuordnen konnte, Madame Caro", sagt der König und blickt Mark fragend an.
„Oh, Caro hat gedient. Aber ja!"
„Tatsächlich?"
„Ich war Unterfeldwebel im Sanitätsdienst. War auf Dauer aber nichts für mich", meint Caro.
„Verstehe, verstehe. Nun, Sie sind mit unserer Mission vertraut, Madame?"

„Absolut“, nickt Caro.
„Was halten Sie davon, wenn ich das so direkt fragen darf?“
„Fände ich sehr gut. Aber soweit zu hören ist, verläuft Ihre Initiative gerade ziemlich im Sand, wenn ich das so direkt sagen darf, Majestät.“
„Nun... sagen wir so: Wir sind noch nicht ganz dort, wo wir hinwollen.“
„Wir suchen eine Idee fast ohne Budget“, steuert Mark bei.
„Eine Idee fast ohne Budget? Eine virale Idee also, die nichts kosten darf, aber einmal im ganzen Land die Runde macht?“ Carol lacht. „Na klar, der heilige Gral jedes Marketing-Chefs, Kleinigkeit.“
„Kleinigkeit?“
„Das war jetzt eher ironisch gemeint", sagt Caro. "Es ist so: Klappen kann das schon. Aber versprechen kann ich es nicht. Marketing ist keine Mathematik, wissen Sie.“
„Ich weiß, dass ich nichts weiß. Mar-ke-ting ist für mich ein Buch mit sieben Siegeln.“
„Nicht unbedingt. Marketing funktioniert ähnlich wie die Politik, die Sie machen wollen: mit gesundem Menschenverstand.“
„Das gefällt mir. Sprechen Sie weiter, Madame.“
„Mein Ansatz ist ganz einfach: Wenn Sie auf Ihrem Schloss bleiben und hoffen, dass sich etwas ändert und die Parteimitglieder sich plötzlich massenhaft

eintragen, dann ändert sich gar nichts. Sie müssen rausgehen. Unter die Leute. Dorthin, wo Sie Buzz erzeugen. Oder Sie laden jemanden zu sich ein, das geht auch."
„Buzz? Was ist das, Buzz?"
„Buzz auslösen heißt: Tagesgespräch sein."
„Aha, alles klar."
„Wir brauchen Auftritte, über die man spricht, die in die Medien kommen, die etwas bewegen, auslösen."
„Sie ist gut", meint der König zu Mark.
„Sie ist die Beste", gibt Mark zurück.
„Sie kann euch hören", sagt Caro.

Die drei werden sich noch am gleichen Tag handelseinig und beschließen gemeinsam die erste Idee fast ohne Budget. Diese Idee ist – wie alle guten Ideen – ganz einfach: Mark lädt in seiner Eigenschaft als Privatsekretär die WILD-Zeitung, die auflagenstärkste Zeitung des Landes, exklusiv zu einer Homestory ins Schloss Sanssouci ein.

Caro, Mark und der König gehen davon aus, dass die Geschichte für eine große Reichweite sorgen wird. Allerdings ist noch völlig offen, ob die WILD-Zeitung dem König positiv oder negativ gegenübersteht. Sicher, die Zeitung hat bereits in großen Überschriften über den seltsamen Fall berichtet. Doch dabei ist die Zeitung bisher eher neutral geblieben und hat es vermieden, sich festzulegen, ob dem angeblichen König zu trauen sei oder nicht. Umso wichtiger ist es nun, ein schlüssiges, überzeugendes Bild abzugeben.

Kapitel 8.

Der König ist zurück.

Potsdam im Oktober.
Am Fuße der Treppe, die von Schloss Sanssouci über 132 Stufen hinab in den Park führt, begrüßt früh am Morgen Friedrich II., König von Preußen, Claudia Sasse, die Chefredakteurin der WILD-Zeitung. Und zwar – sehr zuvorkommend und volksnah – mit einem Handschlag. Der Handschlag ist von beiden Seiten aus kräftig, verbindlich und: sehr, sehr lang. Ganz bewusst sehr, sehr lang. Denn alle Anwesenden, einschließlich des WILD-Fotografen, Fred de Santos, wissen augenblicklich, dass diese Szene wie geschaffen ist, um auf die Titelseite zu kommen. Im Vordergrund der König mit der Chefredakteurin, ernst und doch freundlich einander betrachtend, aufs engste verbunden mit einem Händedruck. Im

Hintergrund die breite Treppe, die sich bis zum imposanten Schloss erstreckt, das sich in den goldenen Strahlen der Sonne wärmt. Das ist groß, das ist bedeutsam, das ist ikonisch.

„Es ist mir eine Ehre und eine besondere Freude, königliche Hoheit, dass Sie mich empfangen“, sagt Claudia Sasse freundlich, aber nicht zu freundlich, ernst, aber nicht zu ernst. Sie ist eine erfahrene Boulevard-Journalistin, seit über 30 Jahren im Geschäft und mit allen Wassern gewaschen. Sie hat als Gerichtsreporterin in Hamburg gearbeitet, aus dem Nahen Osten berichtet, hat ukrainische Soldaten an der Front interviewt, aus Washington vor dem Weißen Haus berichtet und sogar ganz in ihren Anfängen für ein Rotlicht-Magazin mit vollbusigen Damen geschrieben. Claudia Sasse hat Geschichten voller Neid, Hass, Eifersucht, Tränen, Liebe und Verzweiflung erzählt. Sie hat Dynastien stürzen sehen, erlebt, wie Monarchen ins Exil flüchten müssen und Bombenangriffe überlebt. Heute will sie ihrer facettenreichen Karriere ein neues Kapitel hinzufügen. Auch sie fühlt, dass mehr in der frischen Morgenluft liegt als nur der Geruch von feuchtem Gras. Hier weht ihr der Hauch der Geschichte durch die kurzen blonden Haare. Sie hat einen untrüglichen Instinkt für so etwas.

Als sie heute Morgen mit ihrem Dienstwagen von Berlin nach Potsdam gefahren war, hatte sie sich darüber den Kopf zerbrochen, wie sie den Mann ansprechen sollte. Doch als sie nun in dieser imposanten Umgebung vor ihm steht, weiß sie es sofort intuitiv. Ja, er ist es. Vor ihr steht Friedrich der Große in Person. Sie weiß nicht, wie das möglich sein kann, aber es ist so. Ein Gefühl unbeschreiblichen, tiefen Glücks durchflutet sie. Sie hat Gänsehaut, als sie nun so dasteht und dem König in die Augen blickt. Die Kamera des Fotografen klickt unaufhörlich. Das Klick, Klick, Klick hört sich für sie an wie Glück, Glück, Glück. Es ist ein wahrhaft großer Moment in ihrem Leben.

Sie spürt, dass sie tatsächlich dem echten, dem wahren König gegenübersteht. Und sie spürt auch, dass das Schicksal sie aus einem ganz besonderen Grund hierhergeführt hat. Es ist ihre Bestimmung, jetzt hier zu sein. Plötzlich ergibt alles einen Sinn. Ihr ganzes Leben, ihr ganzes Tun, ihre ganze Karriere, mit all den verrückten Irrungen und Wirrungen haben sie zu diesem Moment geführt. Es ist ihre Aufgabe – nein, ihre heilige Pflicht! – dafür zu sorgen, dass diese Lichtgestalt ihre Mission erfüllen kann. Sie wird dafür sorgen, dass auch Millionen anderer Menschen spüren, was sie gerade spürt. Sie hat das Gefühl, einer Marienerscheinung beizuwohnen. Sie will dem König zu verstehen geben, dass sie seine Sache unterstützt. Da merkt sie: Nein, nicht nötig, er weiß es bereits.

Friedrich II. blickt die Journalistin an. Sie ist eine resolute Frau Anfang 50, kräftig, zupackend, voller Energie. Kurze blonde Haare, knallig-oranger Hosenanzug, goldener Ehering am Finger und ein wissendes Lächeln auf den Lippen. Plötzlich wird auch Friedrich leicht ums Herz. Er spürt Vertrauen und Sympathie. Caro und Mark hatten ihn mehrmals nachdrücklich gewarnt, dieser Frau könne man nicht trauen, sie sei geradezu gefährlich und könnte ihn in Grund und Boden schreiben. Was Kanonen im Krieg seinen, das seien Worte in der Politik. Aber: Er weiß, dass es nicht dazu kommen wird.

„Es freut mich, dass Sie meiner Einladung so schnell gefolgt sind, Madame Sasse.“ Claudia Sasse atmet tief durch. Er, der König, hat sie beim Namen genannt. Madame Sasse. Es hat etwas Erhabenes, nun Teil dieser Geschichte sein zu dürfen. Es ist ein Privileg, das ihr das Schicksal in seiner unendlichen Großzügigkeit beschert hat. Was für eine Story! Und sie ist nun ein Teil davon.

„Gehen wir ein Stück“, sagt der König. Sie flanieren durch den Schlossgarten. Mit diskretem Abstand folgen Mark, Caro und der Fotograf.

Caro ist in Gedanken versunken. Ob das gut geht? Claudia Sasse ist eine Meisterin darin, Menschen für ihre Zwecke zu instrumentalisieren und zu manipulieren. Wenn diese Frau sich gegen sie wendet, dann wird es noch schwerer, die Bundestagswahl zu gewinnen. Sie fällt etwas hinter den anderen zurück und spaziert nun durch eine Allee aus hohen, alten Kastanienbäumen. Ihre rötlich-braunen Herbstblätter bilden ein schützendes Dach, das die Sonnenstrahlen in sanften Lichtflecken auf dem Kiesweg darunter tanzen lässt. Feind oder Freund, jetzt wird es sich entscheiden, denkt Caro.

Der König und die Chefredakteurin erreichen die Terrassengärten, die sich stufenweise den Hügel hinaufziehen, und sie beginnen, die breite Treppe aus Sandstein hinaufzusteigen. Beinahe gleichzeitig bleiben Friedrich II. und Claudia Sasse auf einer Stufe stehen, wenden sich um und blicken hinab auf die herrlich angelegten Weinreben und die kunstvoll angeordneten Beete. Die Kamera klickt und surrt und die Vögel zwitschern fröhlich. Die Stimmung ist gelöst und ebenso sonnig wie der Tag. Die Weite der gepflegten Rasenflächen, die harmonisch angeordneten Beete und das Schloss im Hintergrund, alles scheint perfekt aufeinander abgestimmt.

Die Privataudienz dauert etwas über zwei Stunden. Wie es sich für eine Homestory gehört, führt Friedrich die Chefredakteurin einmal über das Anwesen, empfängt sie in seinem Arbeitszimmer und bittet sie zu Tee und Gebäck ins Audienzzimmer.

***

Als Claudia Sasse zurück in der WILD-Redaktion in Berlin Mitte ist und in ihrem großen Chefinnenzimmer hoch über der Stadt am Schreibtisch sitzt, um die Story in ihr Notebook zu tippen, da zittern ihr die Hände – so ergriffen ist sie von der Mission des Königs, die nun auch ihre eigene ist.

Der erste Satz, den sie tippt, lautet:

Deutschland hat wieder einen König.

Dann schreibt sie:

Der König ist zurück.

Der zweite Satz fasst die Geschichte besser zusammen, aber der erste hat mehr Größe und Pathos. Sie beschließt, ihn morgen als Schlagzeile zu bringen. – Oder doch lieber den ersten Satz? Claudia Sasse spürt die Last der Chefredaktion auf ihren

Schultern. Nein, es ist nicht so einfach diese Entscheidungen zu treffen, wie es vielleicht aussieht.

***

Früh am nächsten Morgen bringt Mark den König und Caro auf den neuesten Stand – wobei Caro natürlich schon alles weiß, denn sie hat die WILD-Zeitung bereits online gelesen.

"Also, die Schlagzeile lautet: Der König ist zurück“, berichtet Mark den beiden im Arbeitszimmer.

"Dazu gibt es ein wundervolles Foto von Eurer Majestät auf der Treppe zum Schloss. Großartig. Der Anzug – perfekte Maßarbeit, sehr elegant, sehr staatsmännisch.“

Tatsächlich hat Claudia Sasse entschieden, den König ganz alleine auf dem Titel zu zeigen. Sie selbst ist nicht wichtig, sagt sie sich. Sie ist nur eine kleine Randfigur.

„Die WILD-Zeitung schreibt: Ja, das Wunder ist perfekt. Friedrich der Große ist zurück. Er will Deutschland reformieren. Seine Majestät empfing WILD exklusiv zur Audienz. Alle Einzelheiten – Seite 2, 3, 4 und 5.“

„Zwei Doppelseiten ganz vorne. Echt fett!“, kommentiert Caro.

„Bäm! Richtig fett!“, bestätigt Mark und breitet die Zeitung auf dem Schreibtisch des Monarchen aus.

„Mega gut“, freut sich Caro.

Friedrich betrachtet die Seiten interessiert, aber zurückhaltend.

Mark liest vor: „Schlagzeile auf der ersten Doppelseite: Friedrich hat Großes vor.“

„Immer diese Anspielungen mit Groß und Großes... diese Dichter! Fällt denen den nicht mal was Neues ein?“, murmelt der König stirnrunzelnd.

„Aber das ist doch gut!“, meint Caro.

Und Mark fährt fort: “Er hat das kleine Preußen auf Augenhöhe mit den Weltmächten gebracht. Er hat die Folter abgeschafft, das Bildungssystem reformiert, das Rechtssystem vereinheitlicht, die Wirtschaft zum Blühen gebracht. Als genialer Stratege hat er nicht nur im Siebenjährigen Krieg die Koalition von Österreich, Russland, Frankreich und Schweden besiegt, sondern auch Korruption, Hungersnöte und Armut. Denn in seinem legendären Kartoffelbefehl ließ er Bauern dazu verpflichten, die Kartoffel anzubauen. Jetzt geschieht das Unglaubliche, das Wunder, die Sensation: Der König ist zurück. Er will Deutschland führen, reformieren, retten. Im Bundestag warb er in

einer fulminanten, mitreißenden Rede um Unterstützung. Sein Plan ist so wagemutig wie in seinen Kriegen. Er will eine Partei gründen und nach der Bundestagswahl Verantwortung übernehmen. Er will das Land aus dem Sumpf ziehen und wieder zu alter Größe führen.
WILD-Chefredakteurin Claudia Sasse ist die erste Jounalistin, die der Monarch exklusiv empfängt. Sie berichtet: 'Kluge Augen, entschlossener Blick, fester Händedruck: Ich begegne dem legendären Friedrich II. Galant und charmant führt er mich durch Schloss Sanssouci, das er selbst entworfen hat. Ist das ein Traum? Nein! Der König ist tatsächlich zurück. Und er ist auf einer Mission. Mit genialen Reformen hat er Preußen zu Macht und Wohlstand geführt. Jetzt will er sein Meisterstück wiederholen. Nach knapp drei Stunden mit dem König bin ich fest davon überzeugt: Wenn es einer kann, dann dieser Mann. Plötzlich bin ich beschwingt und voller Hoffnung. Der König ist wieder da. Mach's noch einmal, Friedrich!“

„Wow! Richtig gut“, lobt Caro.

„Besser geht's nicht“, meint auch Mark überwältigt.

Friedrich nickt kühl und blickt visionär in die Ferne.

„Wird schon“, meint er knapp.

„Es geht noch weiter“, sagt Mark und schlägt die zweite Doppelseite auf. „Friedrich der Große und seine genialen Reformen.“

„Ach, verschonen Sie mich doch damit“, meint Friedrich und winkt ab.

„Und hier, hier ist Ihre Bundestagsrede einmal komplett abgedruckt“, sagt Mark begeistert.

„Das ist allerdings eine gute Nachricht.“

„Die Rede ist gut. Aber leider viel zu lang“, gibt Caro zu bedenken. „Wir brauchen etwas Plakativeres.“

„Plakativer? Das ist doch Ihr Metier, Madame Caro“, sagt der König. „Nur zu! Überraschen Sie mich. Ich bin gespannt.“

Kapitel 9.

Der Schatten.

Berlin im Oktober.

„Wir müssen ihn jetzt aufhalten. Bevor die Sache aus dem Ruder läuft“, erklärt Außenministerin Bettina Bergmann. Fatemeh Hosseini weiß sofort, wer mit „er“ gemeint ist. Sie sitzen im Restaurant des Hotels ARCOTEL John F Berlin, direkt gegenüber vom Auswärtigen Amt, und essen zu Mittag. Sie "lunchen", wie Fatemeh Hosseini sagen würde.

Die beiden Polizisten, die während ihrer Schicht das Auswärtige Amt zu Fuß umrunden, blickten von der anderen Straßenseite neugierig durch die breite

Glasfront ins Restaurant hinein. „Was gaffen die denn so blöd?“, knirscht die Außenministerin ungehalten und gafft demonstrativ zurück, obwohl eine Außenministerin so etwas eigentlich nicht tut. Sie ist etwas aus der Balance geraten, seit bekannt geworden ist, dass die Zahl der Unterschriften für Friedrichs Partei durch große Berichte in der WILD-Zeitung sprunghaft gestiegen ist.

„Wir müssen ihn vernichten. Hören Sie, Fatemeh: vernich-ten.“

„Alles klar“, nickt Fatemeh und streicht sich ein neues Butterbrot. Sie hat gelernt, dass sie sich in Restaurants, in denen sie mit der Ministerin und ihrem Gefolge verkehrt, schon vor dem eigentlichen Essen mit Brot sattessen muss, denn die Gerichte fallen in diesen Lokalitäten enttäuschend klein aus. Geradezu winzig. Satt wird man davon nicht.

„Wie machen wir das?“, schiebt sie hinterher, bevor sie sich der nächsten Brotscheibe zuwendet.

„Na, ganz einfach: Durchleuchten Sie ihn. Suchen Sie etwas heraus, das ihn... na... wie soll ich sagen... Sie wissen schon.“

„Ich verstehe nicht ganz“, sagt Fatemeh noch mit vollem Mund.

„Ich höre immer nur, wie toll Friedrich angeblich alles gemacht hat. Aber wo Licht ist, da ist auch Schatten.

Bringen Sie mir diesen Schatten, Fatemeh. So dunkel wie möglich. Klar?"

„Sonnenklar", nickt die Redenschreiberin.

*

Der Bundeskanzler sitzt mit zwei Männern in seinem Arbeitszimmer. Das Arbeitszimmer des Kanzlers ist eigentlich kein Zimmer, sondern ein riesiger Raum von 140 Quadratmetern. Dr. Johann Kämmerer, einer der beiden Männer, ist fast jeden Tag hier. Und immer hat er das Gefühl, dass die Entfernungen an diesem Ort auf seltsame Weise verrücktspielten. Besonders deutlich wird das, wenn er auf seinen Chef blickt, den Bundeskanzler: Er sitzt ihm gegenüber, hinter seinem gewaltigen schwarzen Schreibtisch, der die Form eines Halbmonds hat. Zwischen den beiden Männern liegt ein Abstand von vielleicht zwei Metern. So sieht es zumindest aus. In Wirklichkeit jedoch liegen die beiden Lichtjahre auseinander. Beide leben in derselben Zeit, in derselben Stadt, aber sie haben fundamental andere Wahrnehmungen von der Realität.

„Wir müssen ihn jetzt aufhalten. Bevor die Sache aus dem Ruder läuft", fasst Dr. Johann Kämmerer seinen

Vortrag zusammen. Seine blank polierten schwarzen Lackschuhe rutschen unruhig über den beigefarbenen Teppichboden, der im ganzen Raum verlegt ist und die Geräusche der Schuhe angenehm dämpft. Es ist der ideale Untergrund für Leisetreter aller Art. Für einen Moment lang liegt Stille in der Luft. Der Bundeskanzler hat aufmerksam zugehört und nickt nun freundlich. „Ich weiß Ihr Engagement zu schätzen“, sagt er freundlich.

„Ich könnte mich sofort an eine Rede setzen“, bietet Frank Fischer an, der für den Bereich „Reden und Texte“ verantwortlich zeichnet. Seine Augen glänzen voller Tatendrang. Ein Mann, der sich als Friedrich der Große ausgibt – was konnte man da nicht alles Großartiges zu Papier bringen!

„Ihr Engagement weiß ich auch zu schätzen“, sagt der Bundeskanzler freundlich in Fischers Richtung.

Frank Fischers Hoffnungsfunke erlischt. Er kennt diese offensichtliche Freundlichkeit. Es ist die Art des Bundeskanzlers zu sagen, was er nicht sagen will. Klartext ist nicht seine Sache. Fischer ist wieder einmal schleierhaft, wie ein Mann ein ganzes Land führen kann, der nicht kommunizieren kann oder will. Es ist zum Verzweifeln.

„Das ganze Land spricht darüber! Der Mann hat sie persönlich heftig attackiert. Auch noch dazu im Bundestag! Sie müssen darauf antworten", wagt Dr. Johann Kämmerer einen neuen Anlauf.

Frank Fischer dreht sich leicht mit seinem schweren Drehstuhl hin und her und überlegt, was er am Wochenende mit den Kindern unternehmen könnte. Die Besprechung ist in seinen Augen gelaufen. Der Chef wird seine Meinung nicht ändern. Es ist zwar ihre Pflicht, immer wieder zu versuchen ihn zu einer Aktion zu bewegen, aber gelingen wird ihnen das nicht. Vielleicht ins Legoland am Potsdamer Platz, überlegt er? Aber nein, das ist am Wochenende immer so voll. Und ziemlich klein ist es noch dazu. Er betrachtet die beiden großen Fahnen, die hinter dem Bundeskanzler an der Wand aufgestellt sind: links die Europaflagge, rechts daneben die Deutschlandflagge. Er blickt nach rechts durch die riesige Glasfront auf den Reichstag. Die Glasfront sorgt dafür, dass der Raum wunderbar lichtdurchflutet ist. In einem ersten Entwurf hatte der Architekt vorgesehen, sie mit einer einzigen Glasscheibe auszugestalten. Bei der Umsetzung jedoch hatte die ausführende Baufirma Bedenken angemeldet und gesagt, so ein überdimensionales Fenster könne sie keinesfalls mit einer einzigen Glasscheibe bestücken. Notwendig seien fünf Glasscheiben. Und so geschah es dann auch. Nur die Wenigsten wissen, dass es selbstverständlich möglich gewesen wäre nur eine einzige Glasscheibe zu verwenden. Nur eben nicht mit dieser Baufirma, die sich gerne in den gewohnten und bequemen Bahnen bewegt. – Ah, ja, Kino! Kino ist immer eine gute Idee. Seine Kids lieben es, ins Kino zu gehen. Sie sind ganz verrückt nach Actionfilmen und Popcorn. Und das Beste daran: Selbst die kleinste Popcornpackung schaffen seine Kids nie – und Papa darf am Ende helfen.

„Ich muss auf gar nichts antworten“, sagt der Bundeskanzler ruhig, ja fast schon flüsterleise.

„Aber, was ist denn, wenn dieser komische Friedrich am Ende doch noch irgendwie die Wahl gewinnt?", will Dr. Kämmerer wissen.

„Die Wahl gewinnen? Wird er nicht“, sagt der Bundeskanzler und lächelt schelmisch. "Er hat ja noch nicht einmal eine Partei."

„Gut, gut. War ja nur so eine Idee, herzlichen Dank“, gibt nun auch Dr. Kämmerer auf.

Die beiden Männer erheben sich.

„Ich danke Ihnen“, sagt der Bundeskanzler und lächelt verschmitzt.

*

Dunja Yilmaz sieht auf ihren Spickzettel. Die Redenschreiberin von Außenministerin Bergmann, Fatemeh Hosseini, hat sie mir genügend Munition versorgt, um den falschen Friedrich gleich zweimal zu vernichten. Um das Ganze wasserdicht zu machen, hat Dunja Yilmaz sich zusätzlich noch einen ganz besonderen Trumpf besorgt: Ihr gegenüber sitzt der Historiker Dr. Walter Borchers, der mit der Zeit Friedrichs des Großen bestens vertraut ist und sogar ein Buch über den Monarchen verfasst hat. Es war ganz leicht gewesen, Dr. Walter Borchers davon zu überzeugen, am Interview teilzunehmen. Zum einen ist es wie ein Ritterschlag für jeden Historiker vom Nachrichtenmagazin DER IGEL als Experte befragt zu werden. Und zum anderen hat Yilmaz ihm gesagt, er könne ja sein Buch erwähnen und dadurch die Verkäufe entsprechend ankurbeln.

„Er musst jetzt gestoppt werden“, hatte ihr Fatemeh Hosseini mit auf den Weg gegeben. Also gut! Hier und jetzt würde es enden.

Dunja Yilmaz ist schon mehrmals in der Berliner Redaktion des Nachrichtenmagazins DER IGEL zu Gast gewesen. Aber jedes Mal hat sie Schwierigkeiten den Eingang zu finden. Die Redaktion liegt zentral in Berlin Mitte ganz in der Nähe des Hauptbahnhofs in einem gesichtslosen, durchaus modernen, hellen Bürogebäude, dessen Fenster von außen an kleine Schießscharten erinnern. Nun sitzt sie im Wartebereich am Eingang, der ganze zwei Stühle umfasst. Vor ihr: ein Tischchen mit der neuesten Ausgabe des Magazins und einer roten, ihr völlig unbekannten, exotischen Blume in einer stylischen violetten Vase. Rechts von ihr: ein Infodesk mit großer Glasscheibe und einem Mann dahinter, den man wohl als Pförtner bezeichnen kann, denn seine Aufgabe ist es, die Journalisten anzurufen, sobald ihre Gäste eingetroffen sind. Die Journalisten fahren dann mit dem Aufzug nach unten und holen ihre Gäste ab. Dunja Yilmaz kennt das alles schon. Aber diesmal sitzt sie seltsam lange im Wartebereich. Was steckt dahinter? In alten Zeiten war es eine gezielte Demütigung gewesen, wenn man einen Gast warten lässt. DER IGEL ist eines der zentralen Leitmedien des Landes und es ist bekannt, dass viele der Journalisten die Sache der Grünen durchaus mit Wohlwollen verfolgen. Welchen Grund sollte DER IGEL haben, ausgerechnet ihr dieses Wohlwollen zu entziehen? Oder bildet sie sich das alles nur ein?

Sie blickt auf ihr Handy. Es ist 11:02 Uhr. Zwei Minuten Wartezeit sind ja noch nicht so tragisch, beruhigt sie sich. Sie ist nervös, wenn sie solchen Gedankengängen folgt. Kein Wunder, schließlich hängt viel von diesem Interview ab.

Sie hört, wie die Aufzugtüre sich öffnete. Ah, endlich! Monika Matzke, die Journalistin, mit der sie verabredet ist, kommt freundlich lächelnd auf sie zu. Ihr folgt ein Mann, dessen Anzug so grau ist wie seine Haare. Dunja Yilmaz und der Historiker stehen auf. Yilmaz und Matzke geben sich die Hand wie Frauen, die sich kennen. „Hallo, schönen guten Tag, Frau Yilmaz“, sagt Monika Matzke. Sie spricht recht leise, denn in der Redaktion herrscht eine kühle, konzentrierte Stille. Ihr Begleiter gibt ihr ebenfalls freundlich die Hand und stellte sich ebenso leise als Michael Sonntag aus dem Ressort Innenpolitik vor. Als sich alle begrüß haben, nicken sie dem Pförtner zu und fahren im Aufzug nach oben. Gut, dass sie nur zu viert sind, denn mehr hätten in diesem kleinen Aufzug kaum Patz gefunden.

Sie folgen einem Gang mit dunkelgrauem Teppichboden, dessen Wände mit gerahmten Titelbildern des Magazins geschmückt sind. Ihr Weg führt sie in ein geräumiges Büro mit breiter Glasfront, durch die man auf den Berliner Hauptbahnhof und die Spree blickt. "Bitte, nehmen Sie doch Platz", sagt Michael Sonntag und macht eine einladende Handbewegung. Links von der Eingangstüre steht ein langes graues Sofa an der kahlen weißen Wand, gegenüber stehen zwei schwere Sessel. Die Politikerin und der Historiker setzen sich auf das Sofa, die beiden Journalisten nehmen auf den Sesseln Platz. Michael Sonntag sitzt nun gegenüber von Dunja Yilmaz, Monika Matzke gegenüber von Dr. Walter Borchers. Nachdem sie die üblichen Floskeln und Höflichkeiten ausgetauscht haben, geht es zur Sache und ein Aufnahmegerät wird eingeschaltet.

„Frau Yilmaz“, sagt Michael Sonntag langsam und tastend. „Ihr Parteikollege Bernhard Rossnagel, Justizminister in Baden-Württemberg, hat gesagt, die Rückkehr von Friedrich dem Großen sei zwar unerklärlich, aber auch ein großes Glück für Deutschland. Auch andere ihrer Parteifreunde positionieren sich inzwischen so. Ist Ihre ablehnende Position bald in der Minderheit? Müssen Sie umdenken?“

Dunja Yilmaz streicht eine Rockfalte glatt. Es ist klar, dass DER IGEL mit provokanten Fragen startet, das überrascht sie nicht im Geringsten. Immer schön freundlich und souverän bleiben, schärft sie sich ein.

„Ich kann wirklich gut verstehen und nachvollziehen, dass es Menschen gibt, die sich einen Heilsbringen wünschen, der auf einem weißen Einhorn aus dem Nichts angeritten kommt, seinen Zauberstab schwenkt und – Hex, Hex – alle Probleme löst. Das wäre natürlich wunderbar, funktioniert aber nur im Märchen. Ich empfehle höflich, sich an den Fakten zu orientieren. Und die sind nun mal eindeutig. Daraus kann man rational nur einen Schluss ableiten: Der Mann ist ein Hochstapler. Ein sehr unterhaltsamer Hochstapler, mit sympathischen Zügen, das gebe ich gerne zu, aber eben faktisch ein Hochstapler."

„Zu den Fakten gehört aber auch, dass drei unabhängige, renommierte Institute bestätigt haben, dass dieser Mann exakt die gleichen Gene besitzt wie Friedrich II.", wirft Monika Matzke in ruhigem Ton ein.

„Der Mann müsste dann ja weit über 300 Jahre alt sein", gluckst Dr. Walter Borchers amüsiert. „Das ist einfach nicht möglich. Oder haben Sie je von einem 300 Jahre alten Menschen gehört? Also, ich nicht. Außerdem gibt es nicht den geringsten Zweifel daran, dass Friedrich der Große verstorben ist. Ich bitte Sie: Über was für eine absurde Geschichte reden wir hier überhaupt?"

„Nehmen wir doch für einen Moment an, es würde sich tatsächlich um Friedrich den Großen handeln – wäre das dann nicht eine echte Chance für Deutschland sich zu reformieren, Frau Yilmaz?“, fragt Michael Sonntag.

„In Ordnung, nehmen wir an, es wäre tatsächlich Friedrich der Große", nickt Dunja Yilmaz. "Was würde geschehen, wenn er die Regierungsgeschäfte übernehmen würde? Das ist nicht schwer vorherzusagen. Wir würden zurückfallen in eine dunkle Zeit des Absolutismus, in der ein einziger Monarch macht, was er will. Wenn er wirklich Friedrich der Große wäre, hätte er überhaupt keine Vorstellung davon, was eine Demokratie ist. Er kennt ja nur den Absolutismus. Wir hätten einen Bundeskanzler, der sich als Alleinherrscher versteht.“

„Rein historisch betrachtet kann man Friedrich II. nicht vorwerfen, es habe nur seine eigenen Interessen verfolgt. Das Zitat ‚Ich bin der erste Diener meines Staates‘ trifft es doch recht gut, oder was sagt der Historiker?“, fragt Michael Sonntag und ergänzt: „Der König hat die Folter abgeschafft, Bildung, Handel, Gewerbe und die schönen Künste gefördert – das klingt doch recht vielversprechend, umsichtig und positiv für die Bevölkerung.“

„Ich höre immer nur, was Friedrich der Große Tolles gemacht hat“, unterbricht ihn Dunja Yilmaz nun doch etwas aufgeregt. „Es wird Zeit, auch über das zu sprechen, was wir auf gar keinen Fall noch einmal erleben wollen! Friedrich war ein Kriegstreiber, der ohne mit der Wimper zu zucken tausende Soldaten in den Tod geschickt hat. Er hat einen Angriffskrieg auf Schlesien geführt und sich weite Teile Polens in einer üblen Verschwörung mit Russland und Österreich unter den Nagel gerissen. Und er war ein schlimmer, widerwärtiger Polenhasser. Sein ganzes Leben lang hat er Polen verabscheut."

„Das ist historisch ohne jeden Zweifel belegt", bestätigt Dr. Walter Borchers.

„Meinen Sie nicht, dass die Zeiten und Umstände ganz anders waren als heute und dass er heute anders agieren und regieren würde?", wirft Monika Matzke ein.

„Es wäre schön, wenn das so wäre. Aber wer garantiert uns das? Niemand! Ich kann mir beim besten Willen nicht vorstellen, dass sich ein solcher Mensch plötzlich ändern kann. Einmal Kriegstreiber, immer Kriegstreiber. Einmal Polenhasser, immer Polenhasser. Ich will mir gar nicht ausmalen, was passiert, wenn so ein Mensch wieder die Macht erlangt. Gnade uns Gott, kann ich da nur sagen", erklärt Dunja Yilmaz.

„Was könnte denn passieren? Fragen wir mal den Historiker“, sagt Monika Matzke.

„Ich kann da natürlich nur spekulieren, aber ehrlich gesagt: Ich würde vermuten, dass Friedrich der Große als Erstes die Armee schleunigst wieder so aufstellen würde, dass sie kriegstauglich wäre. Vielleicht entschließt er sich dann als Nächstes, Österreich anzugreifen und einzugliedern", erläutert Dr. Walter Borchers. "Aus seiner Sicht wäre das ein großartiger, ja unglaublicher Sieg, denn Österreich war zu seiner Zeit eine starke Führungsmacht und ein ewiger Rivale.“

„Wie bewerten Sie als Historiker die Einstellung Friedrichs zu Polen? Wäre das heute problematisch?“, fragt Michael Sonntag.

„Problematisch?“, ruft Dr. Walter Borchers erstaunt. „Problematisch würde ich das nicht nennen, eher katastrophal, ja verstörend und absolut unangemessen.“

Dunja Yilmaz nickt zustimmend und fühlt ein inneres Hochgefühl in sich aufsteigen. Perfekt! Der Historiker ist ja noch viel besser, als sie zu träumen gewagt hatte.

„Friedrich ist als Junge mit seinem Vater am Hofe von August dem Starken in Dresden von polnischen Adeligen gedemütigt und vorgeführt worden. Das ist ein Trauma, das er nie abschütteln konnte und das ihn nachhaltig geprägt hat. Sein Polenhass – ja, man kann tatsächlich von Hass sprechen – nun, sein Polenhass hat sich durch sein ganzes Leben gezogen. Es wäre nicht auszudenken, wenn wir einen bekennenden Polenhasser als Regierungschef in Deutschland hätten. Das geht einfach nicht. Völlig ausgeschlossen."

„Wie müssen wir uns diesen Polenhass des historischen Friedrichs vorstellen?", forscht Monika Matzke nach.

„Es gibt zahlreiche, völlig eindeutige Aussagen, die wir gesichert Friedrich dem Großen zuordnen können", doziert der Historiker, nun ganz in seinem Element. „Machen wir es konkret: Im Jahr 1735 begegnete Friedrich dem polnischen Thronprätendenten Stanislaw Leszczynski und seinem Gefolge und schrieb dann in einem Brief, ‚polnische Herren und Damen' sähen wie ‚hässliche Affen und hässliche Affenweibchen' aus. Außerdem schrieb er, diese Leute seien so ‚schmutzig und schmierig, dass man Angst vor ihnen bekommt'. Später verspottete Friedrich die Polen als unzivilisierte Eingeborene, als ‚Irokesen' und ‚Huronen'. Er verglich sie also mit den Indianern Nordamerikas, die inzwischen auch in Preußen aus dem Siebenjährigen Krieg in Übersee bekannt waren.

Zitat Friedrich: ‚Wir werden den armen Irokesen die europäische Zivilisation bringen.'".

„Man darf nicht vergessen", ergänzt Dunja Yilmaz, „dass diese abwertende Haltung Friedrichs im 19. und 20. Jahrhundert gerne als Rechtfertigung herangezogen wurde, wenn es darum ging, Vorurteile gegen Polen zu schüren."

„Völlig richtig", bestätigt der Historiker. „Das ist ein ganz übles Gedankengut, das Friedrich II. bezogen auf Polen von sich gegeben hat. In Deutschland wird das gerne völlig ausgeblendet, aber in Polen ist man sich dessen sehr wohl bewusst."

„Es wäre daher eine enorme Belastung, wenn wir so einen Menschen wieder in der Regierungsspitze hätten. Nicht nur die Polen würden das verstörend finden, sondern natürlich auch alle anständigen Deutschen und die gesamte westliche Zivilisation. Nein, das geht einfach nicht. Undenkbar!"

„Für wie wahrscheinlich würden Sie es halten, dass diese Haltung eine Erscheinung der damaligen Zeit war und der König heute aufgeklärter denken würde? Immerhin war Friedrich II. doch ein Anhänger der Aufklärung, ja sogar zeitweise Mitglied der Freimaurer-Bewegung", will Monika Matzke vom Historiker wissen.

„Auch hier bewegen wir uns auf dünnem Eis, das ist reine Spekulation, aber nach allem, was ich von Friedrich gelesen habe, nach allem, was ich über ihn als historische Person weiß, würde ich sagen: Sein Polenhass ist derart massiv, ausgeprägt und leidenschaftlich, dass er diese tiefe Abneigung und Abscheu nicht so einfach hinter sich lassen kann. Die Wunde ist zu tief.“

Monika Matzke und Michael Sonntag sehen sich einen Moment lang an. Dann nicken beide kaum merklich.

„Frau Yilmaz, Herr Dr. Borchers, wir danken Ihnen für dieses Gespräch", schließt Monika Matzke das Interview.

Dunja Yilmaz lehnt sich im Sofa zurück und erlaubt sich, einen Moment lang durchzuatmen. Interview geglückt, Mission erfüllt. Wenn das Interview so gebracht wird, ist dieser Friedrich erledigt.

Kapitel 10.

Der Absturz.

Berlin im Oktober.

Der Sturm, der auf das Interview im Nachrichtenmagazin DER IGEL folgt, beginnt langsam, gewinnt aber ständig an Wucht und breitet sich rasant aus. DER IGEL ist nicht umsonst eines der wichtigsten Leitmedien des Landes. Das bedeutet: Viele weitere Medien berichten über das Interview. Schließlich verspricht es Konflikte, Drama und Emotionen – eine wunderbare Mischung, die sich bestens verkauft und für Aufmerksamkeit sowie Klicks sorgt.

Caro weiß sofort, was zu tun ist. Es gilt, den Sturm so schnell wie möglich zu stoppen, solange er sich noch nicht zu einem Orkan ausgewachsen hat, der alles hinwegfegen kann, wofür sie gearbeitet haben. „Sie müssen Ihre Aussagen jetzt dementieren. Oder zumindest relativieren, Majestät“, erklärt Caro schon frühmorgens im Arbeitszimmer des Monarchen.

„Caro hat Recht“, springt ihr Mark bei, als der König sie unbeweglich in Grund und Boden starrt. „Entweder Sie nehmen alles zurück, was Sie über Polen gesagt haben oder alles ist verloren.“

„Was ich gesagt habe, das habe ich gesagt“, zeigt sich der König uneinsichtig, ja regelrecht starrköpfig.

Caro und Mark reden eine halbe Stunde auf den König ein, können ihn jedoch nicht von seiner Haltung abbringen. Jetzt ist tatsächlich alles verloren. Der König steht als Polenhasser am Pranger. Und was mindestens ebenso schlimm ist, wenn nicht sogar noch schlimmer: Er macht nicht die kleinsten Anstalten, seine Aussagen zu bedauern, zurückzunehmen oder zu relativieren. Friedrich besitzt auch noch die Frechheit, sich zu seinen gehässigen Aussagen zu bekennen.

Caro und Mark verlassen schäumend das Arbeitszimmer des Monarchen. Sie sind wütend und enttäuscht. Sogar die WILD-Zeitung ist inzwischen von ihnen abgerückt. „Deutschland geschockt: Friedrich II. ein Polenhasser!“, schreibt die WILD online auf WILD.de. Und tatsächlich: Hinter "Polenhasser" prangt ein fettes Ausrufezeichen und nicht etwa ein Fragezeichen. Die WILD-Zeitung ist für provokante Aussagen bekannt, die sie dann gerne mit einem Fragezeichen relativiert. "Kommt jetzt eine massive Steuererhöhung?", "War er ihr untreu?", "Wie krank ist der Superstar wirklich?", "War es kaltblütiger Mord?" – Fragen kann man ja mal, denkt sich die WILD und tut genau das. Aber hier macht sie das nicht. Sie hat ihr Urteil bereits gefällt. Offenbar ist sich die Zeitung sehr sicher, denn solche Behauptungen müssen vor Gericht beweisbar sein.

Ihre Handys klingeln unaufhörlich. Alle wollen Friedrich sprechen oder zumindest erfahren, wie er sich zu den Vorwürfen positioniert. Sie beschließen daher die Handys auszuschalten.

Caro wird mit der Zeit immer stiller und erklärt schließlich, sie werde jetzt ein bisschen frische Luft schnappen und im Park spazieren gehen, um wieder einen klaren Kopf zu bekommen.

Mark nutzt ihre Abwesenheit auf seine Weise. Schon die ganze Zeit brennt ihm etwas auf der Seele. Jetzt, so scheint es ihm, ist es an der Zeit, reinen Tisch zu machen. Er fühlt sich wie ein Verräter und er weiß, dass er Caro nicht dabeihaben will. Es genügt, wenn ihn einer verachtet. Aber: Die Sache muss jetzt geklärt werden.

Er gibt sich einen Ruck und klopft ans Arbeitszimmer des Monarchen. „Ja, bitte“, ruft Friedrich. Mark schreitet dynamisch voran bis vor den Schreibtisch, räuspert sich und spricht dennoch mit heiserer Stimme: „Ihre Majestät, es tut mir leid, aber ich kündige. Ich muss kündigen“ Friedrich II. sieht von seinem Schreibtisch auf. Er scheint ehrlich überrascht zu sein. „Wie bitte? Sie quittieren den Dienst? Ist das Ihr Ernst, Mark?“

„Leider ja“, sagt Mark. „Sie müssen wissen, Eure Majestät, ich schätze Sie sehr und ich habe die größten Hoffnungen in Sie gesetzt, aber… nun, tatsächlich bin ich in Grzybowo geboren und erst mit 12 Jahren mit meinen Eltern von Polen nach Deutschland ausgewandert. Ich bin also gebürtiger Pole und ich kann und will nicht für jemanden arbeiten, der Polen hasst und hässliche Dinge über Polen verbreitet. Das geht einfach nicht.“

Friedrich erhebt sich. Mark fällt auf, dass er sich mit seiner rechten Hand regelrecht am Tisch festklammert. Ein Schwächeanfall?

Es dauert einen Moment, bis der König sich gefangen hat.

„Mark, lieber Mark", beginnt er, hebt die Hand, um etwas mit großer Geste zu erklären – und bricht mitten im Satz ab.

„Nun, das ist ein überaus nachvollziehbarer Grund, den Dienst zu quittieren", nickt der König schließlich. „Sie sind ein anständiger Kerl. Ich respektiere Ihre Entscheidung. Auch, wenn ich sie aufs äußerste bedauere, lieber Mark. Sie waren immer eine große, immens wichtige Stütze für mich, eine Säule, eine starke Kraft."

Ein betretenes Schweigen breitet sich bedrückend im Raum aus.

Friedrich II., König von Preußen, scheint merklich angefasst. Das überrascht Mark.

Bis jetzt hat der König sämtliche Hiobsbotschaften, die heute eingegangen sind, mit stoischer Ruhe entgegengenommen.

Der König überlegt.

„Wo liegt Griebo..."

„... Grzybowo? Na, das liegt bei Kolberg an der Ostsee."

Friedrich nickt.

„Nun, Mark, ich wollte Sie und Ihre Familie nicht beleidigen. Wirklich nicht. Ich wollte nur..."

„Das haben Sie aber", entgegnet Mark so scharf, dass er selbst über seinen Ton erschrickt. Das Ganze war weniger aggressiv gemeint als gesagt.

„Was schlagen Sie vor?"

„Entschuldigen Sie sich und nehmen Sie alles zurück."

„Das kann ich nicht."

„Wieso denn nicht?"

„Weil ich sage, was ich denke und so denke ich eben."

Mark fährt sich mit den Händen verzweifelt übers Gesicht und schüttelt den Kopf.

„Das kann doch wohl nicht wahr sein!", seufzt er. „Seien Sie doch nicht so starrköpfig. Das ist doch wirklich völliger Unsinn."

„Völliger Unsinn?"
„Aber ja. Jedes Land hat seine Idioten. Deshalb darf man doch nicht die ganze Bevölkerung über einen Kamm scheren. In Deutschland gibt's auch Idioten, oder etwa nicht?"

„Und ob!“, stimmt ihm der König zu.

„Na also! Sind deshalb alle Deutschen Idioten?“

„Natürlich nicht.“

Marks Gesichtsausdruck sagt: Na sehen Sie.

Der König setzt sich wieder und blickte nachdenklich in die Ferne.

„Nun, Sie sind ein feiner Mensch, Mark. Ein fähiger Mann! Ich schätze Sie. Und Sie sind gebürtiger Pole. Also folgt daraus, dass keinesfalls alle Polen... hmm... unfähig sind und derangiert aussehen.“

„Aha! Das ist doch mal ein Anfang“, meint Mark. „Am besten, wir reisen gemeinsam nach Polen und Sie sehen sich das Land und seine Leute mal ganz persönlich aus nächster Nähe an. Was halten Sie davon?“

„Nach Polen reisen?“

Friedrich sieht ihn mit weit aufgerissenen Augen entgeistert an. „Niemals, Mark! Völlig ausgeschlossen. Nie im Leben mache ich das. Nur über meine Leiche.“

Kapitel 11.

Die Kraft der Musik.

Warschau im Oktober.
„Ich hasse Warschau“, sagt der König – noch bevor er überhaupt einen Blick darauf geworfen hat. Die Zugfahrt mit Caro und Mark verläuft ohne Zwischenfälle. Nach 5 Stunden und 40 Minuten erreichte die kleine Reisegesellschaft mit dem Zug den Hauptbahnhof Warszawa Centralna.

Friedrich steigt als Letzter der drei aus. Seine demonstrativ nach unten gezogenen Mundwinkeln sollen allen zeigen, wie skeptisch er ist. Auf dem Bahnsteig blickt er sich um. Der König ist enttäuscht, denn am Bahnsteig, an dem er nun in Polen angekommen ist, sieht es ganz ähnlich aus wie am Bahnsteig, wo er in Deutschland eingestiegen ist. Sie stehen in einem langgezogenen, schlichten, grauen Tunnel mit hohen Decken. Caro registriert dunkelblaue und gelbe Linien. Eine digitale Anzeigentafel. Ein Gleisbett. Ein Aufzug. Koffer rollen über den glatten Boden. Reisende haben es eilig. Eine breite Treppe und eine schmale Rolltreppe daneben, auf der die Leute noch oben fahren. Eine blechern klingende Durchsage auf Polnisch und dann auf Englisch hallt über ihre Köpfe hinweg. Der König murmelt etwas, das man aber nicht verstehen kann, gibt sich dann einen Ruck und schließt zu Caro und Mark auf, die neben der Rolltreppe auf ihn warten.

Sie fahren nach oben. Ein breiter, gut beleuchteter Gang führt sie in die Haupthalle. Hier riecht es nach frischem Kaffee und Backwaren. Die Halle ist groß, fast monumental, mit modernen Glas- und Lichtelementen, die einen Kontrast zum rohen Beton der Wände bilden. Ein unaufhörlicher Strom von Menschen bewegt sich durch den Bahnhof. Gesprächsfetze in Polnisch, Deutsch, Englisch und Ukrainisch wirbeln durch die Luft. Hier treffen Welten aufeinander. Riesige Anzeigetafeln hängen über den Köpfen der Reisenden und zeigen die nächsten

Abfahrten und Ankünfte in leuchtendem Blau und Weiß an. Ein junger Backpacker mit übergroßem Rucksack rempelt den König an. Der taumelt zur Seite, fängt sich und blickt den jungen Mann vorwurfsvoll an. Ob der König jemals in seinem Leben angerempelt worden ist? Wahrscheinlich nicht. Er mustert den Backpacker, der wohl in den letzten Monaten alles mögliche gesehen hat – nur keinen Friseur. Offenbar hat er von seinem Rempler nichts mitbekommen oder es ist nichts Besonderes für ihn. Ohne Friedrich zu beachten geht er einfach weiter. Der König ruft ihm empört etwas nach, aber die Worte werden von der nächsten Lautsprecherdurchsage übertönt.

Markt und Caro sind stehengeblieben und bedeuten dem König, ihnen zu folgen. Sie bahnen sich einen Weg durch die Menge. An den Rändern der Halle befinden sich kleine Geschäfte, die alles Mögliche anbieten – von polnischen Souvenirs bis hin zu praktischen Reiseutensilien. In der Ferne sieht der König das goldene Leuchten von *Zapiekanka*-Ständen und *pierogi*-Buden, die typisch polnische Snacks und Gerichte verkaufen. Eltern versuchen, ihre Kinder durch die Menge zu lotsen. Die Menschenmassen nehmen kein Ende.

Endlich treten sie nach draußen. Dort ist es laut und regnerisch. Direkt vor ihnen erstreckt sich die vielbefahrene Aleje Jerozolimskie, über die Autos und Straßenbahnen rauschen. Friedrich beschließt, einfach seinen beiden Reiseführern hinterherzulaufen und das Beste aus seinem Aufenthalt zu machen. Mark, der die Landessprache beherrscht, steuert auf ein Taxi zu. Sie steigen ein. Mark klettert auf den Beifahrersitz und wirft dem Fahrer ein paar Worte auf Polnisch hin, die auf den König wie zusammenhangloses Gestammel wirken. Zu Friedrichs Verwunderung nickt der Fahrer, startet ohne ein Wort gesagt zu haben den Motor und fährt los.

Saft rollt der Wagen auf die belebte *Aleje Jerozolimskie*, eine der Hauptverkehrsadern der Stadt. Allmählich wird die hektische Atmosphäre des Bahnhofs durch die entspannende Ruhe abgelöst, die im Wagen herrscht. Durch das Fenster betrachtet der König Facetten der Stadt. Nein, das ist nicht wie in Potsdam, stellt er zufrieden fest. Es ist nicht so schön wie zuhause. Die Häuser sind schlichter, weniger gepflegt, weniger herausgeputzt. Zufrieden lehnt er sich zurück. Eine Straßenbahn ziehen mit einem sanften Rattern an ihnen vorbei. In der Bahn sitzt ein kleiner Junge, der ebenfalls zum Fenster hinausblickt. Für einen kurzen Moment treffen sich ihre Blicke.

Unangenehm berührt schaut der König schnell starr geradeaus. Die Straßengeräusche mischen sich mit der leisen Musik, die aus dem Radio des Taxis kommt, und schaffen eine merkwürdige Harmonie zwischen der Geschäftigkeit draußen und der Ruhe im Wageninneren.

***

Das Taxi biegt schließlich in den eleganten *Nowy Świat* Boulevard ein, eine der prestigeträchtigsten Straßen der Stadt. Hier verändert sich die Atmosphäre schlagartig. Die breiten Gehwege sind gesäumt von schönen, großen Bäumen, die der Straße einen besonderen Charme verleihen. Auf beiden Seiten reihen sich exklusive Boutiquen, gehobene Cafés und historische Gebäude aneinander. Einige der Gebäude sind in zarten Pastelltönen gestrichen, mit kunstvollen Balkonen und hohen Fenstern, die den Reichtum und die Eleganz vergangener Epochen widerspiegeln.

Schließlich biegt das Taxi in eine ruhige, ebenfalls von Bäumen gesäumten Seitenstraße ab, fernab vom hektischen Treiben, aber dennoch mitten im Herzen der Stadt. Die Fassade des Hotels ist beeindruckend: Ein elegantes Gebäude mit hohen Fenstern,

Marmorverzierungen und einem goldenen Schriftzug über dem Eingang. Sie beziehen ihre großzügig bemessenen Zimmer und machen sich kurz darauf auf, die Stadt zu erkunden.

Caro, Mark und der König schlendern über das Kopfsteinpflaster der Altstadt, vorbei an bunten Hausfassaden. "Ist alles wieder aufgebaut worden", erläutert Mark. "Haben die Deutschen im Zweiten Weltkrieg alles platt gemacht."

Auf dem Marktplatz sehen sie eine Straßenkünstler, der virtuos mit Kegeln jongliert, und kleine Stände, die lokale Waren verkaufen. Es duftet lecker nach frischem Brot und gegrilltem Fleisch. „Hier ist der Schlossplatz“, erklärt Mark. „Wenn hier der Schlossplatz ist, wo ist denn dann das Schloss?“, will der König wissen und sieht sich um. „Na hier“, sagt Mark und deutete auf ein großes, lachsrotes Gebäude direkt am Platz, in dessen Mitte sich ein viereckiger Turm mit einer großen runden Uhr in die Höhe schraubt. „Das ist das Schloss?“, fragt Friedrich. „Ja, das Königsschloss“, nickt Mark. „Was bei den Polen ein Königsschloss ist, das ist in Preußen höchstens ein Rathaus“, stellt der König fest und rümpft die Nase. Mark fragt sich, ob diese Reise wirklich etwas zum Guten wenden oder vielleicht eher alles nur noch schlimmer machen wird.

"Ganz schön dreckig hier", sagt der König, als sie durch die Altstadt schlenderten und an einigen achtlos weggeworfenen Dosen vorbeikommen. "Auch nicht dreckiger als in Berlin", kontert Mark. "Von Berlin verstehe ich nichts. Aber mit meinem Potsdam kann man Warschau sicher nicht vergleichen." Mark spart sich das Wortgefecht und schweigt.

Ihre nächste Station ist der berühmte Kulturpalast im Stadtzentrum. Auf dem Weg dorthin kommen sie am Grabmal des unbekannten Soldaten vorbei. Es befindet sich unter den Arkaden des ehemaligen Sächsischen Palais am Piłsudski-Platz. Der König betrachtet das auf acht Säulen ruhende kleine Bauwerk mit gerunzelter Stirn. Er wird nicht recht schlau daraus. Es hat keinerlei Wände, sondern nur Säulen, ist also nach allen Seiten offen. "Das Grabmal wurde nach dem Ersten Weltkrieg errichtet", erklärt Mark. "Es erinnert an die Soldaten, die beim Kampf um die Freiheit Polens gefallen sind." Der König nickt stumm und tritt näher an das Bauwerk heran. Im Zentrum liegt eine massive Steinplatte auf dem Boden. Sie soll offenbar das Grab symbolisieren. Über dem Gedenkstein ist ein großes Kreuz angebracht, auf der Platte lodert eine große "Ewige Flamme". Auch liegen frische Blumen mit weißen Blütenkelchen auf dem

Gedenkstein. Friedrich tritt ernst von der Seite an die Platte heran und neigt den Kopf. Mark atmet innerlich auf. Wenigstens hat der Preußische König soviel Anstand, sich an einem Grabmal nicht daneben zu benehmen. Erst jetzt bemerken sie, dass sich im Grabmal drei Soldaten bewegungslos postiert haben. Jeder von ihnen trägt eine graue Uniform und hält ein schmales Gewehr, das Mark sehr altmodisch vorkommt. Ob es aus dem Ersten Weltkrieg stammt?

"Wir haben Glück, es ist gerade Wachwechsel", erläutert Mark mit gedämpfter Stimme. Tatsächlich: Die drei Soldaten schultern ihre Gewehre und setzen sich zackig und im Gleichschritt in Bewegung. Ihre schwarzen, blitzblank geputzten Stiefel klackern über die viereckigen, glatten Steine, mit denen der Platz großflächig und soweit das Auge reichte gepflastert ist. Ihre Hände steckten in schwarzen Handschuhen. Während die linke Hand das Gewehr an der Schulter hält, bewegte sich die rechte Hand im Rhythmus von der Seite zur Schulter und wieder zurück. Klack, klack – klack, klack. Friedrich verfolgt die drei Wachen aufmerksam mit den Augen. Er wirkt sehr konzentriert. Während die drei Soldaten abrücken, nehmen zwei neue Soldaten ihre Posten ein. "Da fehlt doch einer, oder?", fragt Caro Mark. Der zuckt nur mit den Schultern. "Ist heute wohl erkältet", spottet der

König. "Na ja. Könnte noch zackiger gehen!", sagt er schließlich und fasst sich an die Nase.

Sie laufen weiter. Bald sehen sie den Kulturpalast schon von Weitem. Schließlich ist der "Stalinstachel", wie die Polen sagen, mit 237 Metern Höhe und 42 Etagen das höchste Gebäude Polens. "Sieht aus wie das Empire State Building in klein", findet Caro. Da könnte sie Recht haben, denn das Empire State Building in New York diente als Vorlage und ist dabei deutlich höher: 381 Meter. Trotzdem ist der Kulturpalast so hoch, dass der König den Kopf in den Nacken werfen muss, um ihn ganz betrachten zu können. Ein gewaltiger grauer, quadratischer Klotz wird von vier deutlich niedrigeren und schmaleren Klötzchen umgeben. Oben auf dem hohen Klotz stapelten sich zwei kleinere Klötze. Darauf: eine gewaltige Antenne, die sich in den blauen Himmel schraubt. Eine große, runde, weiße Uhr gibt die Zeit an. Immerhin, denkt sich Caro angesichts der Uhr, ganz sinnlos ist der hässliche Bau nicht.

"Von da oben hat man eine super Aussicht", weiß Mark. "Keine Sorge, es gibt einen Aufzug." – "Schön ist anders", sagt Caro. Mark runzelt die Stirn. Was sollte das? Ein König mit Polenhass ist schlimm genug. Ist jetzt auch Caro dazu übergegangen, alles schlecht zu finden? Andererseits: Es ist zwar nicht einfach, sich das einzugestehen, aber: Der Klotzbau ist tatsächlich hässlich. "Ja, okay, ist nicht das schönste Gebäude hier", gibt Mark zu. "Dabei gilt der Josef-Stalin-Kultur-und-Wissenschaftspalast als der schönste Ort in Warschau." Caro sieht Mark irritiert an. "Ganz einfach deshalb", fährt Mark fort, " "Weil es der einzige Ort ist, von dem aus man den Palast nicht sehen muss." Mark grinst und Caro grinst nun ebenfalls.

Im Inneren des Kulturpalasts ist es seltsam leer. Nur wenige Touristen sind zu sehen. Ein Aufzug bringt sie rasend schnell nach oben. Die Aussicht verblüfft Caro. Hey, das ist wirklich cool! Sie sind umgeben von zahlreichen wirklich modernen Wolkenkratzern. An einer Fassade prangt ein gigantisch großes Werbeplakat, das einen polnischen Fußballspieler zeigt, der allerdings schon seit Jahren im Ausland spielt. An den Wänden des Klotzturms informieren Tafeln über Sehenswürdigkeiten Warschaus. "Sieht doch gut aus", sagt Mark – allerdings mehr zu sich selbst. Der König blickt sich mäßig interessiert um. "Wann fahren wir zurück? Hier gibt es nichts, was meine Aufmerksamkeit verdient", stellt Friedrich fest. Mark zuckt resigniert mit den Achseln. Ein paar

Minuten später fahren sie auch schon wieder nach unten.

"Erstmal was essen", sagt Mark, denn gutes Essen geht immer. Diese Idee findet allgemeine Zustimmung und so machen sie sich auf den Weg zu einem traditionellen polnischen Restaurant, von dessen Qualitäten sich Mark schon einmal überzeugt hat. "Ich kann Ihnen Bigos oder Pierogi ans Herz legen, Majestät, etwas Besseres gibt's nicht", verspricht er.

„Etwas Besseres gibt's nicht? Na, zumindest nicht in Polen“, meint Friedrich II. bissig.

"Ach was, Sie werden begeistert mit der Zunge schnalzen!".

Als der König im Restaurant schließlich vor seinem Teller mit Pierogi sitzt, die ihm eine charmant lächelnde junge Dame in polnischer Tracht serviert hat, schnalzte er zwar nicht mit der Zunge, aber er hält sie immerhin zur Abwechslung mal in Zaum. Die gefüllten hellen Teigtaschen sind mit grünen Blättern Salat und Tomatenscheiben angerichtet und es spricht für die polnische Küche, dass nun sogar der Polen-kritische König nichts Negatives vorbringen kann. Tatsächlich isst Friedrich alles bis auf den letzten Krümel auf und trinkt auch sein polnisches Bier bis auf den letzten Tropfen.

Als sie das Restaurant verlassen, ist Mark tief in Gedanken versunken. Er hat wenig Hoffnung, den König doch noch davon überzeugen zu können, dass sein Heimatland liebenswert und absolut in Ordnung ist. Was soll er nur tun? Wie kann er Friedrich beweisen, dass Polen ein tolles Land ist und die Polen tolle Menschen? Plötzlich durchzuckt es ihn wie einen Blitz. Der König ist weg. Weg. Einfach weg! Wie vom Erdboden verschwunden. Mit gehetztem Blick sieht sich Mark nach allen Seiten um. Nichts!

Adrenalin flutet seinen Körper. Augenblicklich ist er hellwach und in höchster Alarmbereitschaft. Er kann förmlich spüren, wie ihm das Blut in den Kopf schießt. Wo ist der König? Es ist seine Aufgabe, in diesem fremden Land auf ihn aufzupassen. Schließlich ist er der Einzige in der kleinen Gruppe, der sich in Polen wirklich auskennt und die Sprache spricht. Ohne ihn ist der König völlig orientierungslos.

"Wo ist er?", fragt er Caro, die sich ebenfalls umsieht. Mark versucht entspannt zu klingen, was ihm aber nicht wirklich gelingt.

"Da! Da steht er doch", ruft Caro und deutet in eine Richtung. Die Erleichterung ist ihr deutlich anzumerken. Tatsächlich: An einer Straßenecke musizieren zwei ältere Männer. Der eine spielt Querflöte, der andere sitzt hinter einem Keyboard. Friedrich steht mit vier anderen Passanten bei den Musikern, wippt mit dem Fuß zur Melodie und scheint ganz in der Musik versunken zu sein. Mark und Caro treten neben den König und hören ebenfalls zu. "Wundervoll, nicht wahr?", flüstert der König Mark zu. "Von wem ist das?"
"Das ist Chopin", sagt Mark ohne nachzudenken, denn in Warschau dreht sich alles immer nur um Chopin. Es gibt ein eigenes Chopin-Museum und seit Jahrzehnten finden von Mitte Mai bis Mitte September jeden Sonntag um 12 und um 16 Uhr Chopin-Klavier-Konzerte statt, beim Chopin-Monument im Königspark.

"Wer?", fragt der König.

"Chopin", wiederholt Mark.

"Nie gehört", grummelt der König. "Genial! Einfach genial. Und sehr, sehr schön. Ganz bezaubernd."

"Frédéric Chopin. Polnischer Komponist und Pianist", sagt Mark. Hat gelebt von 1810 bis... ähm... naja, 1847, 1848 oder 1849. Irgendwie so."

"Ist nicht gerade alt geworden, dieser Chopin", murmelt der König. "Ein Jammer, die Musik ist ein Traum."

Der Querflötenspieler steht leicht nach vorne gebeugt da. Er hat das Instrument an die Lippen gehoben und die Augen geschlossen, als ob er in eine andere Welt eingetaucht wäre. Der Mann ist um die 70 Jahre alt, hat ein eingefallenes, faltiges Gesicht mit großen Ohren. Die grauen, spärlichen Haare, sind vom Wind zerzaust, und verraten, dass es ihm nur um eines geht: die Musik. Seine Frisur ist ihm herzlich egal. Seine Finger tanzen mit Leichtigkeit über die Flöte, die silbernen Klappen blitzen im schwachen Sonnenlicht auf. Der Klang der Flöte ist klar und sanft, und die Melodie von Chopin, die er spielt, schwebt leicht und melancholisch über die Straße – ein Echo der polnischen Seele.

Der zweite Musiker sitzt auf einem schlichten Klappstuhl und spielt auf einem kleinen, schon recht abgenutzten Keyboard. Er ist ebenso in die Musik versunken. Seine Finger gleiten über die Tasten, als würden sie einen Spaziergang machen, bei dem sie jeden Schritt ganz genau kennen. Ab und zu schaut der Mann auf und lächelt kurz in Richtung der Passanten. Mark kommt es so vor, als würde der Musiker eine stumme Einladung aussprechen, die

Musik wirklich zu hören – nicht nur mit den Ohren, sondern vor allem mit dem Herzen.

Um die beiden Musiker herum bewegt sich das Leben der Stadt in seinem gewohnten Rhythmus. Menschen laufen an ihnen vorbei, einige mit schnellen Schritten, andere langsam, tief in Gedanken versunken. Ein älteres Paar hält an. Der Mann legt den Arm um die Frau, und beide lauschen still. In der Ferne ertönt das leise Rattern einer Straßenbahn, die über die Gleise klappert, doch die Musik übertönt alles, schafft eine kleine Oase der Ruhe inmitten der städtischen Hektik.

Die beiden Musiker beenden ihr Stück und verneigen sich unter dem Applaus der überschaubaren Zuhörer. Der König, Mark und Caro klatschen kräftig.

"Fragen Sie ihn, ob ich auch mal spielen darf", verlangt der König von Mark und macht eine leichte Kopfbewegung zum Spieler der Querflöte.
"Wie?", fragt Mark verdutzt.
"Na, der Musiker mit der Querflöte. Fragen Sie ihn, ob ich auch mal spielen darf", sagt der König ungeduldig.

Mark sieht den König erstaunt an. Dann nickt er, murmelt ein "Kein Problem", tritt an den Musikanten heran und sagt etwas zu ihm auf Polnisch, wobei er auf den König weist.

Der Musikant sieht den König mit ausdruckslosem Gesicht an.

"Sag Sie ihm, ich werde sehr gut auf seine Querflöte aufpassen. Himmel, nun machen Sie schon! Ich will spielen", ruft der König Mark zu.

Mark redet auf den Musiker ein, der offenbar keine Lust hat, sein Instrument einem Unbekannten auszuleihen. Mark muss seine ganze Überredungskunst einsetzen, um den Musiker doch noch zu überzeugen. Und so überreicht er dem König schließlich zögerlich, aber freundlich nickend sein Instrument. Friedrich nimmt es entgegen, als erhalte er ein wertvolles, goldenes Zepter. Dabei sieht er dem Musikanten in die Augen und verneigt sich dann dankend.

Er stellt sich neben den Keyboarder auf, nickt ihm zu und beginnt nun mit geschlossenen Augen auf der Querflöte zu spielen. Caro und Mark sehen und hören sofort: Hier spielt ein leidenschaftlicher Enthusiast. Die Melodie Chopins erhebt sich leicht und mühelos wie ein bunter Schmetterling und verströmt einen Charme, der schnell viele Passanten verzaubert. Der König spielt nicht nur ohne jeden Fehler die zuvor gehörte Melodie nach – er spielt virtuos und mit ganzem Herzen. Ja, er spielt königlich.

Als Friedrich die Augen wieder öffnet, ist der letzte Ton verklungen. Die beiden Musiker sind von einer gewaltigen Menschentraube umgeben, die begeistert applaudiert. Höflich verneigt sich der König so tief er nur kann und verweist mit einer eleganten Handbewegung auf den Musiker neben sich, der aufsteht, sich ebenfalls verbeugt und nun seinerseits auf den König weist. Der Ruhm des Auftritts wird also galant auf den jeweils anderen gelenkt. Eine sympathische Geste, die den Applaus nochmals anschwellen lässt. Friedrich verbeugt sich nochmals tief und gibt dem Flötenspieler zufrieden lächelnd sein Instrument zurück.

"Friedrich", sagt Friedrich und hielt dem Flötenspieler die Hand hin. Der Musiker schüttelte ihm hocherfreut die Hand und klopfte ihm auf die Schulter. "Damian", sagt er und nickt mit dem Kopf. "Damian."

"Friedrich", sagt Friedrich und schüttelte nun auch die Hand des Keyboarders, der sich als Roman vorstellte.

"Frag Roman, ob er Bach kennt. Oder noch besser: Quantz!", sagt der König zu Mark. Roman kennt beide. Damian und Roman reden auf Mark ein und gestikulieren wild mit den Händen. Mark übersetzt.

"Die beiden laden Sie ein, heute Abend im SKtAD zu spielen, das ist ein Club in der Altstadt." Der König nickt eifrig und man kann an seinen glühenden Wangen sehen, welche Freude die Einladung bei ihm auslöst. Roman breitet die Arme aus – weit wie ein offenes Stadttor – und Friedrich herzt den Musiker wie einen alten Seelenverwandten. Auch Damian umarmt der König. Dabei drückt ihm Damian ein altes, abgewetztes Heft mit Noten in die Hand – zur Vorbereitung. Dann verabschieden sie sich herzlich.

So wie die Leute heute immerzu auf ihr Handy starren, so starrt Friedrich in den kommenden Stunden auf die Notenblätter. Er läuft nicht mehr, er schwebt förmlich. Leichtfüßig tänzelt er die Straßen entlang. Und während Mark auf die Sehenswürdigkeiten Warschaus hinweist, hat der König nur noch Augen für die Kompositionen Chopins.

***

Einige Stunden später.
"Hallo, Warschau!", ruft Friedrich der II. mit lauter Stimme und großer Geste auf der Bühne. "Servus, Friedrich", sagt Caro lässig, die neben Mark an einem Stehtisch im fast menschenleeren Club steht und

prostet dem Monarchen mit einer Bierflasche zu. Nach dem beachtlichen Menschenauflauf sind die drei doch etwas überrascht, dass die Musiker nun vor so einem kleinen Publikum spielen. Nur vereinzelt lungern mäßig interessierte Menschen an den Stehtischen herum.

Der SKtAD Club ist von alten, unscheinbaren Wohnhäusern umgeben und verbreitet sowohl außen als auch innen einen rauen, grauen, industriellen 60er Jahre Charme. Bar, Konzertsaal, kleine Bühne – mehr ist da nicht. Mark steigt auf die Bühne und zieht das Mikrofon an sich, das ein ungnädiges Quietschen von sich gibt, was dazu führt, dass viele der Anwesenden die Köpfe zur Bühne drehen. "Einen wunderschönen guten Abend", sagt Mark auf Polnisch. "Meine sehr verehrten Damen und Herren, welche Freude, Sie heute hier begrüßen zu dürfen." Er sieht hinüber zu Damian, der sich mit einer zweiten Flöte neben dem König aufgestellt hat. Dahinter sitzt Roman an einem alten Flügel. Damian schüttelt den Kopf und macht eindeutige Handbewegungen, die nur eines bedeuten können: Lass gut sein, schon okay, wir brauchen keine großen Ansagen. Doch Mark lässt sich davon nicht beirren. "Heute präsentieren wir Ihnen etwas ganz Besonderes: ein Best of unseres Nationalhelden Chopin, vorgetragen von einer hochkarätigen deutschpolnischen Besetzung. Begrüßen Sie bitte sehr herzlich an der Flöte: den talentierten, erfahrenen und leichtfüßigen Friedrich!“

Das spärliche Publikum spendet freundlichen Applaus. "Ebenfalls an der Flöte: der einzigartige, unglaublich talentierte, gefeierte Damian!" Auch für Damian gibt es Applaus. "Und last, but not least, der Virtuose am Klavier, Sie alle kennen ihn: the one and only Roman." Wieder raffen sich einige Zuschauer dazu auf, in die Hände zu klatschen. "Und los geht's! Enjoy."

Sanft, leise, ruhig und behutsam setzt die Musik ein. Die drei Musiker haben sich für die Nocturnes, Opus 9, von Frédéric Chopin entschieden. Eine Sammlung von drei Klavierstücken, die er in den Jahren 1830, 1831 und 1832 komponiert hat. Diese Nocturnes gehören zu seinen bekanntesten Werken und zeigen Chopins Fähigkeit, emotionale Tiefe in musikalische Form zu gießen. Das Wort "Nocturne" stammt vom lateinischen Wort "nox" ab, was "Nacht" bedeutet. Entsprechend ist ein Nocturne ein musikalisches Genre, das oft eine nächtliche Stimmung zum Ausdruck bringen soll. In der Regel handelt es sich um ruhige und lyrische Klavierstücke, die eine intime und meditative Atmosphäre kreieren. So ist es auch hier. Die anmutige, romantische Melodie erhebt sich und verströmt ihren ganz besonderen, feinen Zauber. "Wunderschön", flüstert Caro Mark mit leuchtenden Augen zu. "Aber ein Jammer, dass das Konzert so schwach besucht ist", raunt Mark zurück. "Ich ruf mal jemanden an, der jemanden anrufen kann", sagt Mark und zieht sich mit seinem Handy zurück.

Die drei Musiker spielen gerade den fulminanten Minutenwalzer von Chopin, als eine kleine Frau mit großem Rucksack in den Club schlendert. Sie spricht mit niemandem und geht neugierig ganz nach vorne an die Bühne. Hier nimmt sie ihr Handy aus der Hosentasche und filmt das Konzert. Ohne jede Scheu steigt sie auf die Bühne und wandert langsam um die Musiker herum, wobei sie darauf achtete, ihre Handykamera möglichst ungewöhnliche Perspektiven einnehmen zu lassen. Mal hält sie das Handy ganz nah am Boden, mal hebt sie es so hoch sie nur kann. Mal filmt sie Roman über die Schulter, mal macht sie eine wilde Kamerafahrt zwischen Damian und den König hindurch. Die Musiker nehmen sie zur Kenntnis, lassen sich aber nicht im Mindesten von ihr stören oder gar aus dem Konzept bringen.

Was niemand im Club ahnt, ist, dass die junge Frau Chefredakteurin eines Musikmagazins ist und das Konzert live streamt. Sie hat einen Tipp bekommen und ihren Social Media Followern geschrieben, dass es sich beim Flötenspieler mit der altmodischen weißen Perücke um König Friedrich II. handelt. Die Geschichte von Friedrich II. hat sich längst weltweit verbreitet. Medien aus nahezu allen Ländern der Welt haben sie dankbar aufgegriffen, so auch die Medien in Polen. Die Leute wissen also Bescheid. Nun ist es so, dass man niemals vorhersagen kann, wann ein Livestream viral geht, also sich unaufhaltsam wie ein Lauffeuer im Internet verbreitet. Schließlich ist das keine Mathematik, sondern basiert zu einem großen Teil auf Glück. Dieser Stream jedenfalls geht durch die Decke. Und so finden sich nicht nur immer mehr Zuschauer im Club ein, sondern auch immer mehr Musiker. Nach und nach füllt sich die kleine Bühne, bis schließlich 12 Geiger, eine Bratschen-Spielerin und ein Klavier-Spieler Chopin vortragen.

Das nächste Level erreicht das Ensemble, als eine Dirigentin die Bühne betritt und die Führung übernimmt. Die Frau ist Ende 40, groß, schlank, hat blonde nackenlange Haare und Chopins Musik zweifellos im Blut. Dynamisch wirbelt sie mit einem filigranen Taktstock herum und führt das Orchester durch Chopins Ideen. Das Publikum ist hellauf begeistert, lässt das kleine Orchester im Applaus baden und skandiert immer wieder eine Zugabe.

Kurz nach 2 Uhr nachts erscheinen einige Polizisten und beenden das Konzert, denn der Club ist nun dermaßen voll, dass es langsam gefährlich wird. Friedrich und seine Musikerkollegen verbeugen sich unter dem unerschöpflichen Applaus der Menge.

Es dauert fast eine Stunde, bis der Club geräumt ist. Das Konzert ist vorbei, unzählige Videomitschnitte in den sozialen Netzen aber sind geblieben. Als Friedrich – flankiert von Caro und Mark – endlich nach draußen gelangt, ist er sofort von Fans umringt, die ihn um ein Autogramm bitten. Geduldig unterschreibt der König alles, was ihm hingehalten wird – mit Ausnahme eines üppigen Dekolletés, hier hält sich der Monarch lieber vornehm zurück. Nachdem die Autogrammjäger von ihm abgelassen haben, sieht sich Friedrich von Reportern und Fotografen umringt. "Was machen Sie in Warschau, königliche Hoheit?", fragt ihn ein Radiojournalist in passablem Deutsch. Mark übersetzt für die Fans ins Polnische.
"Ich schaue mir die Stadt an und lerne wunderbare Menschen kennen", meint Friedrich noch immer ganz aufgewühlt und strahlend vor Glück. Das Konzert hat ihm ganz offensichtlich sehr gut gefallen und die Begeisterung des Publikums den König regelrecht mit Energie, Adrenalin und dem Glückshormon Dopamin

vollgepumpt.
"Wie kommt es, dass Sie hier in Warschau als Musiker auf der Bühne auftreten?", will ein anderer wissen, der ebenfalls Deutsch spricht.
"Das ist Zufall. Ich habe meine Musikerkollegen Damian und Roman erst heute kennengelernt und die beiden waren so freundlich, mich mit ihnen spielen zu lassen. Ich bin sehr dankbar dafür. Das war ein tolles Konzert! Chopin hat fantastische Musikstücke geschrieben. Technisch wirklich anspruchsvoll, aber auch sehr raffiniert und bewegend."
"Wie finden Sie Warschau, königliche Hoheit?", will der Radiojournalist wissen.
"Ich liebe Warschau. Es ist einfach großartig hier!"
Kaum hat Mark das übersetzt, jubeln die Leute begeistert und klopfen Friedrich auf die Schultern.
"Entschuldigung, aber Sie sind eher als Kritiker Polens bekannt. Haben Sie Ihre Meinung geändert?", hakt der Radiojournalist nach.
"Sie haben Recht, ich habe früher keine guten Erfahrungen mit Polen gemacht und hässliche Dinge gesagt. Aber jetzt sehe ich, dass das falsch war. Wer dieses Land und seine Menschen nicht liebt, muss ein Esel sein. Es gefällt mir gut in Warschau und ich bin sehr begeistert von der polnischen Kultur." Unzählige Fotos, Autogramme und Interviews später, fällt König Friedrich II. ins Bett und schläft sofort ein.

***

Am nächsten Morgen deckt sich Mark an einem Kiosk mit so vielen polnischen Zeitungen ein, dass er sie mit beiden Händen tragen muss. Nun sitzt er mit Caro und dem König beim Frühstück im Hotel und übersetzt, was die Zeitungen über den Gig des Königs schrieben. "Oh! Sogar auf der Titelseite! 'Königliches Clubkonzert' schreibt eine polnische Boulevardzeitung", erläutert Mark dem König, der jedoch davon kaum Notz zu nehmen scheint und sich lieber mit einem Frühstücksei beschäftigt.

"Der Mann, der sich in Deutschland als König Friedrich II. ausgibt – wir berichteten – hat gestern mit polnischen Musikern im SKtAD Club in der Warschauer Altstadt ein umjubeltes Chopin-Konzert gegeben. Videoclips des Konzerts gingen in den sozialen Medien viral. Gegen 2 Uhr nachts musste die Polizei das Konzert wegen Überfüllung auflösen. Noch immer weiß man nicht, ob der Mann wirklich der König ist, für den er sich ausgibt. Aber eines weiß man jetzt mit Sicherheit: Er ist ein begnadeter Musiker." Nun grinst Friedrich. Offenbar hat er also doch zugehört.

"Tja, Freunde, sieht ganz so aus, als wären wir wieder im Spiel", stellt Caro gut gelaunt fest.
"Stark ist, wer den Gegner niedermacht. Noch stärker ist, wer sich wieder erhebt. Redewendung aus dem 13. Jahrhundert", kommentiert der König.
„Ich bin echt froh, dass wir das geklärt haben", nickt Mark. „Musik baut eben doch mehr Brücken, als man denkt."

Kapitel 12.

Wir sind das Volk.

Berlin im Oktober.

"Das nennen Sie aufhalten?", faucht Außenministerin Bettina Bergmann morgens um 9.15 Uhr beim üblichen Jour-fixe und schleudert die neueste Ausgabe der WILD-Zeitung auf den Schreibtisch von Fatemeh Hosseini. Die Redenschreiberin wirft auch etwas: einen flüchtigen Blick auf die Zeitung, denn sie hat die Tagespresse schon längst ausführlich studiert. "Friedrich II. spielt sich in Polens Herz", liest die Außenministerin die Schlagzeile auf der Titelseite vor. "Mein Gott! Ich muss echt derbe kotzen", sagt sie und lässt sich auf den Stuhl vor dem Schreibtisch fallen. "Die MZZ schreibt sogar, der Mann hätte mehr für das

Deutsch-Polnische-Verhältnis getan als alle Außenministerinnen und Außenminister zusammen."

Fatemeh Hosseini lehnt sich tief zurück, legt die Stirn in Falten und atmet hörbar tief durch.
"Haben Sie's gesehen?", fragt sie schließlich.
"Was? Die Videos vom Konzert in diesem Club? Hölle, ja! Natürlich habe ich die Videos gesehen. Das ganze verdammte Internet ist voll davon."
"Tja, gegen Musik kommen Worte nicht an. Da kann ich Ihnen die beste Rede der Welt schreiben, das ist kaum zu toppen. Chopin geht direkt ins Herz."
"Soll das heißen, Sie geben auf und bitten mich darum gefeuert zu werden?"
Die Außenministerin sieht die Redenschreiberin verächtlich an. "Noch ist nichts verloren!“, sagt Bettina Bergmann und ballt die Faust. „Ich habe nicht vor, diesem dahergelaufenen Irren kampflos die Macht zu überlassen. Wir müssen zurückschlagen. Und zwar jetzt."
"Ich finde, Sie sollten sich bei ihm bedanken", meint Fatemeh Hosseini.
"Wie bitte? Was soll ich?", keucht Bettina Bergmann und ihre Augen quellen regelrecht aus ihren Höhlen.
"Sich bei ihm bedanken. Der polnische Ministerpräsident und der polnische Premier haben ihn in Warschau empfangen. Es heißt, die Stimmung bei einem polnisch-deutschen Gipfeltreffen sei noch

nie so gut gewesen.“
"Das war kein polnisch-deutsches Gipfeltreffen!", stellt die Außenministerin in scharfem Tonfall klar. "Der Mann hat überhaupt kein Amt! Er ist ein reiner Privatmann. Verdammt noch mal!"

"Sie können das nennen, wie sie wollen", gibt Hosseini unbeeindruckt zurück. "Fakt ist, dass ihn alle für den König halten und er sich mit großem Erfolg in Polen vom Saulus zum Pauls bekehrt hat. Die Polen lieben ihn. Weil er ihnen glaubhaft machen konnte, dass er voll auf ihre Stadt, ihre Menschen und ihren Chopin abfährt. Daran gibt's nichts zu rütteln und zu deuteln. Das ist Fakt. Also: Seien Sie eine große, souveräne Staatsfrau und gratulieren Sie ihm zu seinem Erfolg und seinem Verdienst für das deutsch-polnische Verhältnis. Alles andere wäre kleinlich und peinlich.“
"Mann, Mann, Mann! Ich rede mir in Warschau den Mund fusselig, laufe gegen Wände, muss mich mit irrwitzigen Reparationsforderungen herumschlagen und der spielt ein paar Liedchen und alles ist Friede, Freude, Eierkuchen. Ist doch nicht zu fassen!"

Bettina Bergmann springt auf und rauscht zur Tür hinaus. Einen Augenblick später blickt sie noch einmal kurz zur Tür herein.
"Lassen Sie sich etwas einfallen, wie wir ihn loswerden können. Und kommen Sie mir nicht mit: 'Sie sollten

ihm dankbar sein' und so einem Scheiß. Einen Scheiß werde ich tun! Schönen Tag noch."

Sie knallt die Tür zu und Fatemeh Hosseini ist sich sicher, die Ministerin noch nie so aufgebracht erlebt zu haben. Hosseini denkt nach. Und ja, natürlich hat sie schon eine Idee, wie sie Friedrich in die Parade fahren kann.

* * *

Sie kommen aus dem Nichts. Sie laufen frühmorgens durch den Park. Und sie stehen plötzlich vor Schloss Sanssouci. "Wir sind das Volk!", skandieren hunderte von Demonstranten. Friedrich II., Mark und Caro treten überrascht nach draußen. "Was wollen Sie denn?", fragt Mark – und kann sich die Frage gleich selbst beantworten, denn auf Transparenten und Schildern stehen Dinge wie:

"Hände weg vom Sozialstaat!"

"Friedrich, lass uns in Frieden!"

"Deutschland muss sozial bleiben!"

"Was kann ich für Sie tun?", fragt Friedrich II. liebenswürdig einen jungen Mann.

"Wir sind das Volk!", schreit der junge Mann mit verkniffenem Gesicht.

"Ja, das sagten Sie bereits", bemerkt der König höflich. "Wie kann ich Ihnen behilflich sein?"

Er bedeutet den Demonstranten mit den Händen, das Skandieren doch bitteschön einzustellen.

"Ich höre Ihnen gerne zu, aber dazu müssten Sie etwas leiser sein", ruft der König.

Es dauerte etwas, bis tatsächlich Ruhe einkehrt.

"Also schön, ich bevorzuge es zwar, wenn man einen Termin mit mir vereinbart, aber da Sie nun ja schon einmal hier sind: Sprechen Sie, bitte. Was ist Ihr Anliegen?"

"Hände weg vom Sozialstaat", kreischt eine ältere Frau.

Friedrich hebt beschwichtigend beide Hände.

"Aber Madame, der Sozialstaat ist eine wichtige Errungenschaft. Ich möchte den Sozialstaat unbedingt beibehalten."

"Lüge!", schreit ein Mann aus dem Hintergrund. "Wir lassen uns nicht verarschen."

"Bürgergeld hoch! Bürgergeld hoch!", beginnt nun die ältere Frau zu skandieren.

Friedrich versucht sie zu beschwichtigen. "Bitte! Sprechen Sie doch in ganzen Sätzen, Madame. Ich höre ja zu."

Da drängen sich Polizisten durch die Menge.

"Guten Morgen!", sagt ein Polizist zu den Demonstranten. "Unangemeldete Demo. Noch dazu auf einem Privatgrundstück. Da können Sie gleich wieder einpacken und abmarschieren." Und zu Friedrich II. gewandt sagt er: "Guten Morgen, königliche Hoheit. Wollen Sie Anzeige erstatten? Wegen Hausfriedensbruch?"

"Ach was, nein, nein, das sind alles meine Gäste. Ist schon in Ordnung. Vielen Dank für Ihre Bemühungen. Ist alles ganz friedlich hier. Wir tauschen uns nur aus."

Der Polizist grinst schief.

"Alles klar. Wir bleiben mal lieber in der Nähe. Die Stimmung von solchen Herrschaften kann schnell mal umschwenken, wissen Sie, königliche Hoheit."

Mit diesen Worten postieren sich die Beamten etwas abseits im Park.

"Also schön, dann tragen Sie doch mal vor, was Sie zu mir führt", ermutigt der König die Demonstranten.

"Darf ich Ihnen etwas anbieten? Tee? Kaffee? Wasser? Saft? Wir haben doch Saft, oder Mark."

"Ähm... selbstverständlich, Hoheit", sagt Mark.

"Sie haben im Bundestag gesagt, dass Sie den Sozialstaat abschaffen wollen", erklärt ein dunkelhaariger junger Mann mit blondgefärbter Locke über der Stirn, der nicht älter als 17 oder 18 Jahre sein kann.

"Aber nein, das habe ich nicht gesagt. Ich will den Sozialstaat nicht abschaffen, ich will ihn reformieren."

"Das ist doch das Gleiche!", plärrt einer aus dem Hintergrund.

"Ich erkläre es Ihnen. Wer deutscher Staatsbürger ist und nicht arbeiten kann, zum Beispiel, weil er krank ist, der wird von der Allgemeinheit aufgefangen und bekommt Bürgergeld. Ohne Gegenleistung. Soweit klar?"

"Ich bin ja nicht doof", sagt der junge Mann.

"Wenn aber jemand arbeiten kann, es aber nicht tut, dann setze ich mich dafür ein, dass er nichts bekommt. Null! Keinen einzigen Euro. Die Gerichte verbieten das, das ist mir klar. Es ist zumindest meine klare Absicht, so wenig wie möglich zu zahlen, wenn jemand arbeiten kann, es aber nicht will."
"Hab ich's doch gewusst! Er will den Sozialstaat auflösen!", schreit die ältere Frau aufgebracht, wird

ganz rot vor Zorn und ballt die Fäuste. "Sozialstaat-Mörder!" schreit ein Rentner aus dem Hintergrund und die Stimmung heizt sich schneller auf als ein Mikrowellengericht. Die Polizei geht dazwischen und bildet einen Schutzschirm um den König.

"Beruhigen Sie sich! Beruhigen Sie sich!", schreit der König dazwischen, was nun so gar nicht zur Beruhigung beiträgt, denn jeder will den anderen übertönen. Es dauert eine Weile, bis der König begreift, dass er mit Schreien und Rufen auf verlorenem Posten steht. Mark versucht ihn ins Schloss zu bugsieren, aber Friedrich wehrt sich dagegen. Er will bleiben.

"Arbeiten Sie? Nein? Warum arbeiten Sie nicht?", ruft der König dem jungen Mann mit der blonden Locke zu. "Würd' ich ja gerne!", schreit der Junge wütend zurück.

"Ruhe! Ruhe!", donnert es nun aus einem Megaphon, das der leitende Polizist hervorgeholt hat. "Wenn alle schreien, versteht niemand etwas."

Es kehrt langsam Ruhe ein.

"Ich würde ja gern arbeiten", nimmt der junge Mann mit der blonden Locke die Frage wieder auf. "Aber ich hab' nur ne abgebrochene Ausbildung. Was soll ich denn machen?"

"Na, in der Gastronomie wird händeringend Personal gesucht."

"Kellnern? Ach was, Kellnern ist doch scheiße. Ist überhaupt nicht mein Ding."

"Was ist denn Ihr Ding?"

"Na, keine Ahnung! Woher soll ich das wissen? Ich hab' ja noch nie gearbeitet."

"Wollen wir's gemeinsam rausfinden?", schaltet sich nun Caro ein. "Nach eurer netten, kleinen Demo vielleicht?"

"Äh... cool, ja klar." Meint der junge Mann mit der blonden Locke und musterte Caro von oben bis unten. "Hey, ist das ein Date? Hast du'n Freund?"

Caro sieht ihn einen Moment lang ungläubig an.

"Wie alt bist du? 14? 15?"

"Achtzehn!", sagt der Junge und verschränkt stolz die Hände vor der Brust.

"Such dir erst mal einen Job", meint Caro und sieht ihn mitleidig an.

"Du redest wie meine Mom."

"Und du redest wie ein Jammerlappen. Mimimimi. Hände weg von meinem Faulenzerleben."

Kaum hat Caro das gesagt, ist der lautstarke Protest wieder da. Von 0 auf 100. Trillerpfeifen hyperventilieren, Menschen schreien, Polizeisirenen heulen.

* * *

Als Mark knapp zwei Stunden später aus dem Fenster des Schlosses in den Park blickt, sind nur noch Bäume und Büsche zu sehen, aber keine Demonstranten mehr. Mit einer Ausnahme.

"Das ist Miles", sagt Caro und betritt mit dem dunkelhaarigen Jungen mit der blonden Locke das Schloss. "Hallo, Miles", sagt Mark und bietet ihm einen Platz auf dem Besuchersofa an.
Caro klappt ihr Notebook auf und setzt sich neben Miles.
"Potsdam, Ausbildung", sagt sie und tippt die entsprechenden Wörter ins Suchfenster ihres Browsers ein.

"Ausbildung zur/zum Kauffrau/Kaufmann (m/w/d) für Marketingkommunikation", liest Caro vor.

"Uncool", murrt Miles.

"Ausbildung zum/zur staatlich anerkannten Erzieher/in."

"Ätzend!"

"Ausbildung zum/zur Gärter/in (m/w/d)
Fachrichtung Garten und Landschaftsbau."

"Megaätzend."

"Ausbildung zum/zur Vermessungstechniker/in."

"Nö. Einfach nö."

"Ausbildung zur/zum Fachinformatiker/in
Fachrichtung Systemintegrator."

"Hä? Was ist das denn?"

"Ausbildung zur/zum Notfallsanitäter/in."

"Ja, das find ich cool. Aber ist sauschwer, oder?"

"Voraussetzungen: Mittlere Reife. Hast du das, Miles?"

"Ähm... nö. Hab ich nicht. Aber einen Hauptschulabschluss!"

"Okay, mal sehen..."

Caro tippt eine Weile auf dem Notebook herum.

Dann scheint sie etwas Passendes gefunden zu haben.

"Also... es sieht so aus, als ob du Rettungssanitäter werden könntest. Dafür benötigst du einen Hauptschulabschluss – und den hast du ja."

"Cool."

"Du bist 18 Jahre alt?"

"Check."

"Körperliche Fitness und psychische Belastbarkeit?"

"Na klar, check."

"Interesse an medizinisch fachlichen und sozialen Zusammenhängen?"

"Jo, Arztserien stream ich ab und zu ganz gern. Check."

"Dauer: 520 Stunden Ausbildung in ca. 3 Monaten. Hey, das geht ja schnell. Kosten: 1.820 €."

"Puh, nicht gerade billig."

"Du erlernst: notfallmedizinische Kompetenzen zur Rettung, Grundlagen zur medizinischen Betreuung von Patient*innen im Sanitäts- und Krankentransport, bekommst eine deutschlandweit anerkannte rettungsdienstliche Ausbildung."

"Klingt ganz cool", meint Miles. "Und wenn ruft man da an? Oder wie läuft das jetzt?"

"Warte, ich schreib dir die Nummer auf."

„Schreib gern auch deine Nummer dazu. Damit ich dich immer auf dem Laufenden halten kann."

„Träum weiter."

"Rettungssanitäter sind sexy, oder, Caro?"

"Absolut. Da steh ich total drauf", meint Caro und grinst.

* * *

Die Tür zu Fatemeh Hosseinis Arbeitszimmer geht auf und Außenministerin Bettina Bergmann streckt den Kopf hinein. "Schönen guten Morgen!", ruft die Ministerin munter und gut gelaunt. "Sie sind leider gefeuert. Ja. Tut mir wirklich, wirklich leid. Aber ich wollte es Ihnen gerne persönlich sagen. Soviel Zeit muss sein. Vielen Dank, dass Sie Ihr Bestes gegeben haben. Das war leider zu wenig. Jetzt kümmere ich mich selbst um diesen König. Alles Gute Ihnen, meine Liebe!" Die Tür geht wieder zu. Fatemeh Hosseini bleibt wie versteinert zurück.

Kapitel 13.

Was der Volksmund sagt.

Nürnberg im November.

"Ja, schönen guten Tag, mein Name ist Robert Schmiedlinger. Ich rufe Sie an im Namen der KfG Marktforschung aus Nürnberg. Hätten Sie 5 Minuten Zeit, mir ein paar Fragen zu beantworten?"
Robert Schmiedlinger blickt angespannt auf den Monitor vor sich, von dem er seinen Text abliest. Jetzt kommt es darauf an. In Wirklichkeit dauert das Telefoninterview knapp 30 Minuten, aber kaum jemand stimmt so einem langen Interview zu, deshalb ist es im Telefonstudio der KfG üblich, nach 5 Minuten Zeit zu fragen.

"Wunderbar!", freut er sich, als die Frau am Telefon sich zum Interview bereit erklärt.

Robert Schmiedlinger sitzt als einer von rund 30 Telefoninterviewern in einem Großraumstudio, das locker 100 Plätze hat. Er und seine Kollegen sitzen dicht an dicht in langen Reihen, nur getrennt durch eine Art Sichtschutz. Das Ganze erinnert an eine riesige Schulklasse. Abgetrennt von den Interviewplätzen befindet sich ein kleines Zimmer, in dem die Vorgesetzte nach dem Zufallsprinzip in die Gespräche hineinhört. Zur Qualitätssicherung. Zumindest sollte sie das tun. In Wirklichkeit spielt sie an ihrem Computer Tetris, aber das nur nebenbei.

Die Telefonleitungen laufen schon seit Tagen auf Hochtouren, denn der öffentlich-rechtliche Rundfunk hat eine große Umfrage zur kommenden Bundestagswahl im September nächsten Jahres in Auftrag gegeben. Eine der zentralen Fragen ist dabei, wie die Partei von Friedrich II. abschneiden würde, die er gerade gegründet hat, die Friedrich Partei. Eigentlich hat seine Partei "Friedrich Union" heißen sollen. Doch von diesem Namen hatte man dann doch lieber die Finger gelassen, denn die Abkürzung "FU" steht im Englischen für "Fuck you". Deutlich unverfänglicher erschien dagegen die "Friedrich Partei" (FP). Die Frage, welche Farbe die Friedrich Partei haben soll, war auch nicht ganz einfach zu beantworten. Denn viele Farben sind bereits besetzt. Die SPD ist rot, CDU/CSU schwarz, die Grünen sind grün, die AfD blau, die FDP gelb und so weiter. Die Friedrich-Partei reiht sich nun in Dunkelblau in das politische Farbspektrum ein.

"Meine erste Frage", liest Robert Schmiedlinger von seinem Monitor ab. "Wenn morgen Bundestagswahl wäre, wem würden Sie Ihre Stimme geben?"

"Also, wissen Sie, ich habe mein ganzes Leben mein Kreuz bei der CDU gemacht, aber dieses Mal bekommt der König meine Stimme", plappert die Frau am anderen Ende der Leitung munter drauflos. "Also ja: ich wähle Friedrich II. Ganz bestimmt. Nicht, weil ich irgendwie royal angehaucht wäre. Sondern, weil jetzt jemand mal wirklich dringend aufräumen muss in unserem Land. Nach dem ganzen Saustall, den die Ampel-Regierung angerichtet hat. Das ist ganz klar. Das muss jetzt so sein. Ab und zu muss man eben mal richtig sauber machen, feucht durchwischen, mit allem Drum und Dran. Ohne Wenn und Aber."

"Alles klar", sagt Schmiedlinger und gibt die Antwort in seinen Computer ein.

"Meine zweite Frage: Wie bewerten Sie die Arbeit der aktuellen Regierung?"

"Ja, wie gesagt: Ein kompletter Saustall ist das! Und ein Schlingerkurs. Mal so, mal so. Heute hü, morgen hott. Man kann sich auf nichts verlassen bei denen. Plötzlich fehlen denen 60 Milliarden im Haushalt, weil das Bundesverfassungsgericht ihre billigen Taschenspielertricks verboten hat. Und dann bricht das Kartenhaus in sich zusammen. Wenn Sie mich fragen: Die Ampel hat immer nur versucht, die Probleme mit Geld zuzuschütten. Alle bekommen alles. Aber hallo? Das Geld muss ja auch erwirtschaftet werden. Das verstehen die aber nicht. Die haben ja nie selbst wirklich gearbeitet. Ich meine, in der freien Wirtschaft. Diese Berufspolitiker haben überhaupt keine Ahnung vom realen Leben. Die wissen einfach nicht, wie das ist, welche Sorgen man wirklich hat als kleiner Mann, beziehungsweise als kleine Frau."

"Okay, vielen Dank, ich muss das eben kurz notieren. Bitte geben Sie mir einen Augenblick Zeit dafür... – Ja, okay, alles klar. Vielen Dank. Kommen wir zur dritten Frage: Welche Themen bewegen Sie im Moment am meisten?"

"Ja, das kann ich Ihnen genau sagen. Unsere Wirtschaft dümpelt so vor sich hin. Man hört ja auch von immer mehr insolventen Unternehmen, eine Schande ist das! Und die versprochene Zeitenwende bei der Bundeswehr wurde uns zwar versprochen, aber da bewegt sich nichts. Wenn die Russen kommen, sind wir fast blank! Es kann doch nicht sein, dass wir uns immer nur auf die Amerikaner verlassen. Das werden die irgendwann so nicht mehr mitmachen. Klar, der Klimawandel ist ein Megathema, da denke ich weniger an mich als an meine Kinder. Und was auch ein riesiges Thema ist, das ist die Zuwanderung. Die Einwanderung in unsere Sozialsysteme. Und nein, ich lasse mich deswegen nicht in die rechtsextreme Ecke stellen, wie die Linken und Grünen das ja reflexhaft machen, wenn man mal die Wahrheit ausspricht. Das wollen die nicht hören, aber es ist nun mal Fakt. Wir haben seit Jahren eine ungebremste Einwanderung in unsere Sozialsysteme. Wer soll das denn alles bezahlen? Das geht so nicht. Ich habe nichts gegen Ausländer, die nach Deutschland kommen und hier arbeiten und die unsere Werte teilen. Aber was nicht geht, ist, hierherzukommen, für vier oder fünf Kinder Kindergeld zu kassieren, von der Stütze zu leben, Jobangebote abzulehnen und sich nicht zu integrieren. Und dann auch noch – und das ist wirklich so, das erfinde ich nicht – sich über alles beschweren. Meine Nichte ist Grundschullehrerin. Fragen Sie die mal, wer sich bei ihr regelmäßig beschwert! Fragen Sie die mal."

"Alles klar, danke für Ihre ausführliche Antwort. Kommen wir zur vierten Frage: Wie beurteilen Sie ganz konkret die Arbeit des Bundeskanzlers?"

Es bleibt kurz still am anderen Ende der Leitung.

"Hallo? Sind Sie noch dran?"

"Ja, ja, bin ich. Ich weiß nur nicht, was ich Ihnen darauf antworten soll. Also, die Arbeit des Bundeskanzlers bewerte ich als sehr schlecht, nein, als katastrophal. In meiner Wahrnehmung ist das ja auch keine Arbeit mehr, sondern eher eine Nicht-Arbeit, ein Nichts-Tun, ein Nichts-Nutz! Was macht der Mann eigentlich? Man hat den Eindruck, er macht nichts außer zu sagen: Ach, ist doch alles in bester Ordnung. Die Klage ist des Kaufmanns Lied und so. – Nichts ist in Ordnung! Was mich wirklich am meisten aufregt, ist, dass der Bundeskanzler nichts sagt. Er erklärt ja nicht mal, was er macht oder will oder eben nicht will. Er lässt es einfach laufen und das geht so nicht. Und wenn er dann doch mal etwas sagt, dann kapiert man es nicht. Ich meine: Ich bin ja nicht blöd, ich kann auch zuhören. Aber ich verstehe einfach nicht, was der Kanzler will oder auch nur, was er für Argumente hat. Ich denke, das versteht eigentlich niemand. Aber so kann man doch kein Land führen, ich bitte Sie! Was wir erleben ist eine unfassbare Führungsschwäche. So kann man ja nicht mal Dorf führen!"

Robert Schmiedlinger bemüht sich, den Ärger, der ihm entgegenschlägt, nicht persönlich zu nehmen und an sich abprallen zu lassen. Stoisch tippt er Stichworte mit. Doch je länger der Tag dauert, desto schwerer fällt es ihm, sich nicht von dieser aufgetauten Wut herunterziehen zu lassen.

Er muss die Ergebnisse der Untersuchung nicht erst abwarten, um zu wissen, wie sehr es in Deutschland brodelte. Die Leute sind sauer. Richtig, richtig sauer. Und enttäuscht. Bitter enttäuscht. In aktuellen Umfragen erreicht die neu gegründete Friedrich Partei zwischen sieben und acht Prozent. Das ist gigantisch für eine völlig neue Partei, aber es ist keine Größe, mit der man die bestehende Parteienlandschaft mal eben vom Tisch fegen kann. Das wissen auch Friedrich II, Mark und Caro. Und sie sind fest entschlossen, das zu ändern. Bis zur Wahl im September nächsten Jahres bleiben ihnen noch rund 11 Monate Zeit, Menschen von ihrer Sache zu begeistern. Denken sie zumindest. Doch dann kommt alles ganz anders.

Kapitel 14.

Mitten im Leben.

Berlin im November.

„Die Ampel-Koalition ist Geschichte“, berichten Mark und Caro dem König. „Der Bundeskanzler hat seinen Finanzminister unehrenhaft entlassen. Und jetzt ist die Regierung nur noch eine Minderheitsregierung. Der Bundeskanzler wird die Vertrauensfrage stellen und dann wird es Ende Februar Neuwahlen geben.“

„Interessant. Und was bedeutet das für uns?“, will der König wissen.

„Das bedeutet für uns, dass wir jetzt nicht mehr 11 Monate für unseren Wahlkampf haben, sondern nur noch vier“, stellt Mark fest.

„Vier Monate, um von 8 Prozent auf... hm... na ja... 18 Prozent zu kommen. Oder 28 Prozent. Ist beides gleich aussichtslos“, meint Caro.

„Aussichtslos lasse ich nicht gelten. Wir haben doch Sie, Madame Caro. Ihnen wird schon etwas einfallen, da bin ich sicher."

„Was? Ich bin Texterin, keine Zauberin."

„Wir haben kaum Geld für einen richtigen Wahlkampf", gibt Mark zu bedenken.

„Wir können eigentlich nur organisch auf Social Media setzen", meint Caro. „Und auf PR-Stunts und Pressearbeit, das geht auch."

„Keine Ahnung, wovon Sie reden, aber wir müssen uns zügig verstärkt ins Gespräch bringen", sagt der König.

„Hm, ich habe da so eine Idee", meint Caro. „Die Leute werden nicht zu uns kommen, also müssen wir eben zu den Leuten gehen."

***

"Sie sind doch der König", sagt der junge Mann, der Friedrich in der Berliner U-Bahn gegenübersitzt. Mark, der neben dem König am Fenster sitzt, grinst breit und wartet die Reaktion des Königs ab. Caro, die neben dem Unbekannten am Fenster sitzt, spitzt ebenfalls die Ohren. "Der bin ich", sagt der König lapidar und mustert den jungen Mann. Er schätzt ihn auf Anfang 20, ovales Gesicht mit runden, schwarz umrahmten Brillengläsern, dunkler, dünner Bart, gepflegt geschnitten, dazu unzählige dunkle Locken. Der Mund: ausdruckslos. Nur die leicht geröteten Ohren sind ein Hinweis darauf, dass der junge Mann vielleicht doch nicht ganz so cool und unbeeindruckt ist, wie er vorgibt zu sein. Er trägt eine dunkle Regenjacke und hat einen schwarzen Rucksack auf den Schoss, den er mit beiden Händen festhält.

"Und wer sind Sie?", fragt der König aufgeräumt. "Ich bin Odo. Fahren Sie oft mit der Berliner U-Bahn? Finde ich cool. Ganz volksnah. Ich dachte, Leute wie Sie meiden solche Orte." – "Wieso? Sollte ich das?" – "Oh, nicht wegen mir", versichert der junge Mann. "Ich bin absolut friedlich. Ich tue keiner Fliege etwas zuleide. Wissen Sie, ich kann selbst nicht überall hingehen, wo ich hingehen möchte."

"Wie meinen Sie das, Odo?", will der König wissen.

"Ich bin Jude", sagt Odo und zeigt weiter sein ausdrucksloses Pokerface.

"Und weiter?", fragt der König.

"In Berlin gibt es No-Go-Areas für Juden und Homosexuelle."

Der König sieht Mark fragend an.

"No-Go-Areas sind Orte, wo man sich besser nicht blicken lässt", erläutert Mark.

Der König macht ein erstauntes Gesicht.

"Spittelmarkt", sagt eine Männerstimme aus den Lautsprechern. Die U2 hält an. Türen springen auf. Leute steigen ein und aus. Türen klappen wieder zu. Die U2 fährt ratternd weiter.

"Was für Orte sind das denn?", will der König wissen. "Und warum dürfen Sie dort nicht sein? Ist doch ein freies Land. Oder etwa nicht?"

"Heute leider nicht mehr", sagt Odo mit dem Anflug eines Lächelns. "Berlin-Neukölln und Berlin-Kreuzberg meide ich als Jude. Da wohnen mir zu viele Judenhasser. Arabische Clans. Großfamilien. Schon seit ein paar Jahren fühle ich mich nicht mehr sicher in Berlin. Auch nicht an der Uni."

"Aber es gibt doch die Polizei. Die muss Sie doch beschütze. Die muss jeden beschützen. Dazu ist sie da", sagt der König.

"Theoretisch: ja. Praktisch: nein. Der Polizei fehlt Personal. Und Geld", erläutert Mark.

"So ist es", bestätigt der Student.

"Na dann: Geben wir der Polizei eben alles, was sie braucht, um Recht und Ordnung garantieren zu können. Überall in Berlin. Und im ganzen Land."

Odo lächelt schwach.

"Entschuldigen Sie bitte vielmals, aber: Sie sind wirklich naiv. Die Stadt hat kein Geld und muss sparen."

Er wirft einen Blick aus dem Fenster, aus dem man aber gar nichts sieht außer vorbeirauschenden U-Bahn-Wänden. "Hören Sie, ich wurde letztes Jahr beschimpft und bedroht. Ich bin zur Polizei gegangen. Was meinen Sie was passiert ist?" Er macht eine kurze Pause und sieht Friedrich an. "Nichts! Fall eingestellt", gibt er nun selbst die Antwort. "Die Polizei meinte, sie bräuchte Finanzmittel und Personal, um die Täter zu verfolgen. Hallo? Für was zahlen wir denn Steuern? Das ist doch total verrückt. Die Polizei sagt mir allen Ernstes, sie bräuchte mehr Geld und mehr Leute, um die Täter zu verfolgen. Das klingt doch fast so wie: Werfen Sie eine Münze ein, dann geht es weiter. Macht mich echt fassungslos", sagt Odo und schüttelt den Kopf.

Friedrich atmet tief durch.

"Das tut mir leid zu hören", sagt er.

Odo sieht den König forschend an.

"Ja, ich glaube Ihnen das. Wissen Sie was? Selbst, wenn die Polizei die Typen gefasst hätte – gebracht hätte das auch nicht. Sie kriegen diese Leute einfach nicht raus aus Deutschland. Solche Leute werden Sie nie integrieren können, aber Sie bekomme die auch nicht mehr raus aus dem Land. Die bleiben hier, nutzen den Sozialstaat aus und benehmen sich dabei wie die Axt im Walde. Traurig, aber wahr. Also, wenn Sie sich mal fragen sollten, wo Sie anpacken können: Hier wäre eine gute Stelle."

Der König nickt.

"Was schlagen Sie vor, Odo?"

Odo fährt sich nachdenklich durch den Bart.

"Ich... na, ich weiß auch nicht genau, aber... na, ich denke: Die Polizei sollte das Geld bekommen, das sie braucht, um ihre Aufgaben erfüllen zu können. Und dann braucht man Gesetze und Richter, die diese Leute schnell aus dem Land werfen."

Der König nickt.

"Sehe ich auch so. Nun, ich denke, wir sollten mal eine solche No-Go-Area aufsuchen und klare Kante zeigen. Caro, könnten Sie das bitte notieren? Machen Sie eine Ihrer Internet-Litfaßsäulen daraus, ja?"

"Wird gemacht", sagt Caro, holt ihr Notebook aus ihrer Tasche und beginnt zu tippen.

Odo sieht sie erstaunt an. Ihm war nicht klar, dass die junge Frau ebenfalls zum König gehört.

Er linst auf ihren Bildschirm.

"Headline: No-go-Areas sind ein No-go", steht da.

Caro hämmert auf die Tasten, der Text sprudelt nur so aus ihr heraus.

"Subline: Wir werden die Polizei mit allen Mitteln ausstatten, die sie braucht, um das Recht und die Sicherheit durchzusetzen. Auf jedem Quadratmeter Deutschland. Friedrich Partei."

"Headline: Wer eine No-Go-Area für Juden fordert, bekommt selbst eine: Raus mit euch aus Deutschland!"

"Das ist Caro, unsere Werbetexterin", sagt Ralph, nicht ohne Stolz.

"Cool", nickt Odo. "Und wo erscheint das Ganze?"

"Online. Auf Social Media", erläutert Ralph.

"Nur online? Schade. Ich finde, das müsste draußen zu sehen sein. Auf fetten Plakaten."

"Ich hab' da mal was vorbereitet", schaltet sich Caro ein und dreht ihr Notebook etwas zur Seite, so dass Odo den Screen sehen kann. Darauf ist ein Video zu sehen. Es zeigt, wie ein riesiges Plakat an der Fassade des Kanzleramts entrollt wird, so dass es einen guten Teil des Gebäudes verhüllt. Darauf steht: "Große Herausforderungen? Friedrich der Große!"

"Ah, ok", nickt Odo. "Ist aber nicht echt, oder?

"Nee, ist am Computer generiert", nickt Caro. „Fake Out-of-Home-Werbung. Der neueste Schrei im Marketing."

„Klar, versteht jeder. Das muss man nicht erklären", meint Mark ironisch.

„Fake Out-of-Home-Werbung heißt: Man bastelt am Computer Dinge, die es so nie gab und tut dann so, als hätte es das wirklich gegeben. Sieht echt aus, also glauben es die Leute. Wow, so ein fettes Plakat über dem Kanzleramt! Wie haben die das bloß hingekriegt? Das sorgt für Aufmerksamkeit, für Klicks, für Shares."

„Absolut seriös ist das aber nicht, oder? Ich meine, für eine Partei", gibt Odo zu bedenken.

„Stimmt", sagt Mark. „Aber Geld haben wir leider nicht. Wir haben nur Mut."

"Na, ist zumindest gut gemacht", findet Odo. "Dein Spruch wirkt so ganz anders. Hat viel mehr Power. Find ich ganz gut."

"Danke", sagt Caro und klickt weiter.

Nun ist ein Video mit dem Brandenburger Tor zu sehen. Von oben wird ein riesiges Banner herabgelassen. Aufschrift: "Friedrich. Do it again."

Caro klickt erneut und auf dem Notebook wird ein Video abgespielt, das Bürotürme in Frankfurt bei Nacht zeigt. Auf einen der Türme wird mit einem starken Beamer eine Lichtbotschaft geworfen: „Die Steuern sind genauso hoch. Friedrich senkt sie.“

"Ja, alles ganz interessant", nickt Odo. "Aber ob ein paar nette Posts auf Social Media wirklich was reißen können...?"

"Wir werden sehen", meint Mark und zwingt sich zu einem Lächeln.

***

Friedrich sitzt morgens in einem Wartezimmer, das bis auf den letzten Stuhl besetzt ist. An den Wänden hängen Bilder, die Augen auf künstlerische Weise interpretieren. Das ist nicht weiter verwunderlich, denn hier warten Menschen auf ihren Termin beim Augenarzt. Friedrich starrt auf einen Monitor an der Wand. "König Friedrich II." erscheint nun auf dem Monitor. "Ähm... ihre königliche Durchlaucht König Friedrich II. von Preußen", sagt eine Frauenstimme aus einem Lautsprecher.

"Nach Ihnen", sagt Friedrich zu der Frau neben sich, die ihre vierjährige Tochter auf dem Schoss schaukelt.

"Sie waren vor uns da", stellt die Frau fest.

"Ich kann warten. Ist nichts Ernstes bei mir", sagt Friedrich und lehnt sich zurück. "Et voilà, Madame", sagt er und macht eine einladende Handbewegung zur Türe.

"Dankeschön", sagt die Frau, steht mit ihrer Tochter auf und verlässt das Wartezimmer.

Alle warten weiter.

"Verzeihung, Eure Hoheit."

Ein älterer Mann beugt sich lächelnd vor.

"Ich finde es übrigens hochanständig von Ihnen, dass Sie die Mutter mit ihrer Tochter vorgelassen haben. Ich ziehe meinen Hut vor Ihnen."

Er macht mit einer Hand eine Bewegung, als würde er wirklich einen imaginären Hut ziehen.

"Aber sagen Sie: Haben Sie nicht furchtbar viel zu tun? Zählt da nicht jede Minute?"

"Ach, wissen Sie, auf die paar Minuten hin oder her kommt es auch nicht an", meint Friedrich.

Der ältere Mann nickt.

"Wissen Sie, ich habe eine kleine Enkelin, Silvia, fünf Jahre alt, ein tolles Mädchen! Wirklich super. Nun, meine Tochter muss mit der Kleinen ab und zu zum Hals-Nasen-Ohren-Arzt. Glauben Sie, die würden einer vorlassen? Nie im Leben! Die ganzen Rentner blockieren alles, laufen wegen jedem Wehwehchen ständig zum Arzt und brauchen dann ewig, wenn sie dran sind. Ich darf das sagen, ich bin ja selbst Rentner. Meine Tochter meinte mal zu mir, man müsste ein Gesetz verabschieden, dass regelt erst alle Kinder vorzuziehen, dann alle Berufstätigen und ganz am Schluss kommen dann die Nicht-Berufstätigen und Rentner. Das müsste man mal machen! Sie könnten das doch einbringen. Denken Sie doch vielleicht mal darüber nach, ja?"

Er blickt sich im Wartezimmer um. Alle übrigen Patientinnen und Patienten verfolgen die Szene interessiert. Schließlich sitzt man nicht jeden Tag mit einem König zusammen beim Arzt.

"Ich meine, es ist ja nur eine Idee. Aber... na... entschuldigen Sie bitte, ich... ich wollte das ja nur mal als kleine Anregung gesagt haben. Ich bin auch schon still. Entschuldigung."

"Nein, nein, Sie müssen sich überhaupt nicht entschuldigen. Ich bin dankbar für jede gute Idee. Und: Ich finde diese Idee richtig sinnvoll und gut. Ich werde sie aufgreifen und versuchen umzusetzen. Meine Hand drauf."

Er steht auf und gibt dem Rentner die Hand.

Der Alte ist gerührt und blickt Friedrich mit feuchten Augen an. "Danke sehr! Danke. Ich... ich hoffe wirklich, Sie packen das. Ehrlich. Ganz ehrlich. Wir brauchen so jemanden. Deutschland braucht Sie! Gut, dass Sie da sind."

Zustimmender Applaus von den Patienten.

Friedrich setzt sich und macht eine abwehrende Handbewegung.

"Merci. Merci beaucoup, mes amis", sagt er lächelnd und fasst sich ans Herz.

***

"Ist echt ne coole Frisur", meint Hairstylist Francesco und betrachtet Friedrich fasziniert. Der König sitzt in Francescos kleinem Friseursalon in Berlin Kreuzberg. Es gibt fünf Plätze, zwei davon sind besetzt. Der König sitzt ganz hinten auf Platz fünf, gleich neben einem Fenster, das den Blick auf einen Hinterhof freigibt. Auf Platz 4 daneben sitzt eine ältere Dame, die von einer jungen Frau frisiert wird. Mark und Caro warten ganz links im Eingangsbereich. Während Caro auf ihrem Notebook herumtippt, versucht Mark im Stapel der Frauenzeitschriften auch etwas Politisches finden.

"Das ist eine Allongeperücke, richtig?", fragt Francesco und fährt behutsam die Locken mit den Fingerspitzen nach. "Ich könnte hier und da das Puder etwas auffrischen... Was meinen Sie? Oder darf es vielleicht ein frischer Schnitt des echten königlichen Haupthaars sein?"

"Oh, zu freundlich, nein danke. Ich komme eigentlich nur ein bisschen zum Plaudern."

"Zum Plaudern? Na ja, ich plaudere gerne. Aber eigentlich kommen die Leute zu mir, um sich die Haare schneiden zu lassen. Plaudern kann man dann ja so nebenbei."

"Verstehe, verstehe. Na, dann pudern Sie gern etwas nach, mein lieber Francesco."

"Sehr gerne! Ich muss nur kurz das Puder holen."

Francesco läuft eilig davon und der König betrachtet sich im Spiegel. Er tätschelt sich auf eine Wange, ganz so, als wollte er sich wach machen. Dann streckt er die Zunge heraus, betrachtet die Farbe der Zunge, die etwas belegt aussieht und steckt sie schnell wieder in den Mund, als er bemerkt, dass die ältere Frau neben ihm zu ihm herüberschaut.

"Pardon, l'habitude", murmelt der König.

Francesco ist mit einer kleinen schwarzen Dose Haarpuder zurück.

"Darf ich Ihnen etwas zu trinken anbieten, Euer Gnaden? Tee? Kaffee? Wasser? Saft?... Wein?... Bier?..."

"Nein, nein, vielen Dank", wehrt der König ab.

"Über was wollen Sie denn gerne plaudern, wenn ich fragen darf? Entschuldigen Sie, ich bin eben wie ich bin. Geradeheraus und ein Plappermäulchen. Und neugierig noch dazu."

Vorsichtig und aufmerksam arbeitet Francesco mit spitzen Fingern Puder in die Perücke ein.

"Seien Sie froh, dass Sie keine Perücke tragen müssen, Francesco! Die ist oft ganz schön unbequem, das Puder staubt und im Sommer, bei Gott, schwitzt man darunter wie ein Infanterist in der Wachtparade."

Francesco kichert leise und nickt kaum merklich mit dem Kopf.

"Aber die Perücke gehört eben zum Spiel. Sie macht mich zum König, noch bevor ich ein Wort spreche. Sie ist schön schlicht, nicht so prahlerisch und prächtig wie bei den Franzosen. Sie soll Stärke und Ordnung ausstrahlen, nicht Überfluss und Tand. Ich bin ein Mann der Disziplin, nicht der Mode. Aber... nun... unter uns gesagt... Manchmal wünschte ich, ich könnte sie einfach in die Ecke pfeffern und den Wind in meinen verbliebenen Haaren spüren."

"Warum nehmen Sie die Perücke nicht einfach ab? Sind doch ganz andere Zeiten heute", schlägt Francesco vor.

"Ja, das sagt sich so leicht! Ich trage die Perücke schon mein ganzes Leben, schon meinen ganzen Tod und schon mein ganzes zweites Leben. Verwirrend nicht wahr? Leben, Tod, nochmal Leben... Völlig verrückt das Ganze. – Aber um auf die Perücke zurück zu kommen: Zu meiner Zeit war sie ein Symbol der Macht und der Würde. Sie ist inzwischen ein Teil von mir. Belassen wir es einfach dabei."

"Sehr wohl, Eure Majestät", nickt Francesco.

"Nun, mein Lieber, ich würde gern ungefiltert wissen, was gerade Thema ist. Über was sprechen die Leute? Was bewegt sie, was treibt sie um? Welche Nöte und Sorgen gibt es?"

"Ah, ok, verstehe. Ja, also, das kommt natürlich immer auf den Menschen an, was ihn bewegt. Das wohl drängendste Problem, so ganz allgemein gesagt, ist sicher der Klimawandel. Die Erde heizt sich auf, weil wir Treibhausgase in die Atmosphäre blasen. Die Meere steigen, die Gletscher schmelzen, Tierarten sterben, alles gerät aus dem Gleichgewicht, es kommt zu extremen Wetterlagen und Katastrophen. Sieht man ja leider auch in den Nachrichten. Aber das vorherrschende Thema bei den Leuten ist im Moment wohl die schwache Wirtschaftslage. Und insbesondere die matte Autoindustrie. Werke werden geschlossen, Menschen verlieren ihre Arbeit oder müssen vorzeitig in Rente gehen. Die Unternehmen brauchen qualifizierte Fachkräfte, finden aber keine. Klar, wir haben 1,7 Millionen Arbeitslose, aber die sind nicht immer qualifiziert. Die Energiekosten sind im Vergleich mit dem Ausland zu hoch. Die Bürokratie macht alles zäh, aufwändig und umständlich. Unternehmen wandern ab. Dadurch sinken die Steuereinnahmen. Wir haben Inflation, alles wird teurer. Und die innere Sicherheit ist gefühlt zum Teufel, das ist auch ein großes Thema. Was die Leute wirklich bis aufs Blut reiz und zornig macht, sind Meldungen von Flüchtlingen, die wir in Deutschland aufgenommen haben und die dann durchdrehen und mit Messern um sich stechen, Menschen hinterrücks vor den Zug schubsen oder Frauen vergewaltigen. Das ist ganz, ganz übel! Sind Einzelfälle, sicher, aber das Gefühl von Sicherheit leidet extrem darunter."

"Das Land wird überfremdet", schaltet sich die ältere Dame links neben dem König ein.

"Ja, fühlt sich oft so an", nickt Francesco.

"Und damit meine ich nicht Leute wie Francesco! Ausdrücklich nicht", sagt die Frau energisch.

"Oh, lieben Dank", freut sich der Friseur und fasst sich ans Herz.

"Es geht nicht um Ausländer, die sich integriert haben, die arbeiten, deutsch sprechen und unsere Werte teilen! Es geht um Ausländer, die aus einer fremden Kultur hierherkommen und glauben, WIR müssten uns an sie anpassen! Ist denn das zu fassen?! Und wenn man es ausspricht, was alle denken, dann ist man gleich ein Nazi und soll gefälligst den Mund halten. So ist das!"

"Was heißt das, WIR müssen uns an sie anpassen? Haben Sie ein Beispiel dafür?", will der König wissen.

"Na, das heißt zum Beispiel, dass Frauen sich verschleiern oder zumindest ein Kopftuch tragen sollen, dass Frauen nicht alleine auf die Straße dürfen, dass Frauen sich nicht frei entfalten dürfen, sondern Kinder kriegen und den Haushalt führen! Sowas heißt das. Oder, dass Homosexuelle und Christen Angst haben müssen! Tod den Ungläubigen, rufen diese Fanatiker. Das sind Fanatiker. Ganz gefährliche Fanatiker! Und da hieß es von den Grünen immer: Ja, das sind alles so tolle Menschen, die da zu uns kommen und unsere Gesellschaft bereichern. Wir müssen dankbar sein, dass die hier sind. Hurra, Willkommenskultur. Wir schaffen das. – War alles Mist. Naiv war das. Und dumm."

"Verstehe. Na, dann muss der Staat diese Fanatiker aus dem Land werfen, ist doch klar", sagt der König.

"Absolut, aber das kriegt der Staat leider nicht hin", stellt Francesco fest.

"Und schlimmer noch: Es gibt Politiker, die nehmen diese Fanatiker auch noch in Schutz!“, schimpft die ältere Dame. „Der arme, arme Messerstecher! Der ist ja völlig traumatisiert aus dem Krieg zu uns geflohen. Der kann ja nichts dafür, wenn er durchdreht, mit der Axt durch einen Zug läuft und damit wahllos auf Menschen losgeht. Der arme Kerl! Man muss ihm helfen, ihm eine Therapie anbieten und Verständnis haben. Nee! Ganz ehrlich: Ich habe dafür Null Verständnis! Solche Typen müssen einfach raus aus Deutschland. Die nutzen unsere Gastfreundschaft aus und benehmen sich unmöglich."

"Ja, das macht die Menschen sehr, sehr wütend", stimmt Francesco zu. "Und Leute mit Migrationshintergrund wie ich werden in denselben Topf mit solchen Barbaren geworfen. Obwohl wir damit überhaupt nichts zu tun haben! Ich arbeite, ich zahle Steuern, ich spreche die Sprache, ich bin ein ganz normaler Mensch, kein Terrorist!"

"Der Staat muss das in den Griff bekommen", sagt Friedrich entschieden. "Daran führt kein Weg vorbei. Es gibt keine andere Lösung als einen starken Staat, der mit allen erforderlichen Mitteln durchgreift. Innere Sicherheit ist der Dreh- und Angelpunkt jeden Gemeinwesens."

"Würde uns sehr freuen, wenn das so umgesetzt werden könnte, königliche Hoheit. Wir setzen da ganz stark auf Sie", sagt die ältere Dame.

"Noch etwas Puder?", fragt Francesco und hält einen kleinen Spiegel hoch, damit der König sich von hinten betrachten kann.

Kapitel 15.

Truppenbesuch.

Berliner Umland im Dezember.

Es ist früh am Morgen und über der Landschaft liegt noch Nebel, aber die beiden Männer auf dem schmalen Feldweg sind eindeutig zu erkennen.

"Halt, stehenbleiben! Parole?", rufen die beiden Wachen in ihrem Graben laut und mit einem warnenden Unterton. Die Männer auf dem Feldweg reagieren jedoch nicht im Mindesten darauf. Sie laufen einfach weiter. Die beiden jungen Wachen haben den Befehl, das Feldlager ihrer Bundeswehr-Einheit zu bewachen und nur Personen passieren zu lassen, die die Parole kennen. Der schlichte, schräge Streifen an ihrer olivgrünen Uniform weist sie als Gefreite aus, das ist ein niedriger Mannschaftsdienstgrad, der klar macht, dass die beiden blutige Anfänger sind, die vielleicht gerade erst die Grundausbildung hinter sich gebracht haben. Seit gestern um 16 Uhr ist 24-Stunden-Lauf. Das ist eine Übung, bei der die Einheit sich 24 Stunden im Gelände aufhält. Jeder Soldat hat dabei nur eine einzige Wasserflasche zur Verfügung. Essen gibt es genug, aber Wasser nicht, das muss man sich gut einteilen.

"Stehenbleiben!", brüllt einer der beiden und entsichert sein G36 Sturmgewehr. "Oder wir schießen!", brüllt sein Kamerad und entsichert ebenfalls sein G36. Keine Reaktion. Die beiden Männer auf dem Feldweg sind in ein Gespräch vertieft und bewegen sich weiter geradewegs auf das Lager zu.

Die beiden Soldaten sehen sich an. Die Eindringlinge sind noch etwa 60 Meter entfernt. Aus dieser Entfernung ist es sogar für wenig geübte Schützen kein Problem, Gegner zielgenau zu treffen. Übungen mit dem G36 finden auf 100 Meter Entfernung statt.

"Warnschuss!", bellt einer der beiden Soldaten, hält seine Waffe mit beiden Händen fest und gibt einen Schuss in den Himmel ab. Ein dumpfer Knall zerreißt die ländliche Idylle und ein Vogelschwarm flüchtet in den diesigen Himmel.

"Stehenbleiben! Parole!", brüllt der andere Soldat.

"Letzte Warnung oder wir eröffnen das Feuer!", ruft sein Kamerad. Ihre Gesichter sind angespannt und ernst. Die Müdigkeit der Nacht, in der sie nur knapp vier Stunden geschlafen haben, ist wie weggeblasen. Adrenalin peitscht durch ihre Körper. Ihre Sinne sind geschärft. Sie haben den Ernstfall oft geübt. Jetzt ist es soweit. Die Sache ist klar. Sie haben die beiden Eindringlinge laut und deutlich gewarnt, mehrfach! Sie haben einen Warnschuss abgegeben. Und jetzt, jetzt müssen sie das Feuer eröffnen, um das Lager zu schützen. Befehl ist Befehl.

"Stopp! Stehenbleiben! Parole! Oder wir schießen", unternimmt einer der beiden einen allerletzten Versuch. Doch die Eindringlinge auf dem Feldweg achten gar nicht auf ihn und gehen einfach weiter.

Als die beiden nur noch 20 Meter entfernt sind, brüllen die Soldaten "Feuer!". Jeweils zwei dumpfe Schüsse fallen schnell hintereinander auf den linken Mann, dann wechseln die beiden das Ziel und geben jeweils zwei schnelle Schüsse auf den rechten Mann ab. Aus dieser Distanz ist es fast unmöglich vorbeizuschießen.

Die beiden Eindringlinge spazieren ungerührt weiter, doch diesmal haben sie die Soldaten ganz offensichtlich bemerkt und kommen nun auf sie zu. Der linke Mann trägt einen olivgrünen Tarnanzug der Bundeswehr, der rechts Mann einen dunklen Mantel, Stiefel und eine weiße Perücke. Es ist der König.

Die beiden Soldaten nehmen Haltung an, heben die rechte Hand flach an die Stirn und grüßen militärisch, was die beiden Männer erwidern.

"Herr Hauptmann, ich melde Ihnen: Wir haben Sie gerade erschossen", sagt einer der Soldaten.

"Ausgezeichnet, ausgezeichnet! Danke, rühren", lobt der Hauptmann und führt den König ins Lager. Der König nickt den beiden freundlich und aufmunternd zu. Die Patronen waren also nur Platzpatronen.

"Die Jungs sind gut", sagt der Hauptmann. "Sind sie wirklich. Aber wir brauchen dringend Waffen und Munition."

Der König nickt.

"Ich bin wirklich loyal. Ich gebe alles. Ganz ehrlich, Eure Hoheit. Aber wir haben einen Auftrag. Und ich hasse es, wenn ich einen Auftrag nicht erfüllen kann. Und das kann ich nicht. Es fehlt das Material. Und die Entscheider in der Politik, die verstehen das einfach nicht. Die sind einfach nicht vom Fach. Die denken: Okay, Munition bestellen. Das ist so wie eine elektrische Zahnbürste bei Amazon bestellen. Heute bestellt, morgen da. Hm... die Zahnbürste gefällt mir nicht. Schicke ich einfach kostenlos zurück und nehm halt eine andere, die dann ebenfalls schon am nächsten Tag da ist. Aber wir wissen beide, dass das bei Munition und Waffen völlig anders ist."

"Das dauert Monate und Jahre, klar", nickt der König.

"Allein die Produktion frischer Munition dauert mehrere Monate bis über ein Jahr. Bei kleinen Waffen geht's schneller, aber bei Großkaliber-Munition dauert es eben seine Zeit. Diese Zeit wird aber immer knapper. Die Welt ist nicht mehr so freundlich wie früher. Russland hat Hunger. Russland will andere Länder verschlingen und fährt die Rüstungsproduktion massiv hoch. Und was machen wir? Wir fahren die Diskussion hoch, aber nicht die Produktion."

Die beiden betreten das Lager.

Etwa 40 olivgrüne Zelte sind in Rei und Glied aufgebaut, umgeben von einem tiefen, viereckigen Schützengraben. Die Soldaten sind teilweise gerade mit dem Frühstück beschäftigt.

"Alles auf! Antreten!", ruft ein Unteroffizier.

"Der König ist hier!", meldet jemand.

"Der König!", schreit eine andere Stimme.

"König im Lager!"

"Achtung!", bellt der Unteroffizier scharf.

Schon nach wenigen Augenblicken hat die Truppe sich in drei schnurgeraden Linien in strammer Hab Acht Stellung aufgestellt: Füße zusammen, Hände zu Fäusten geballt seitlich am Körper, Kopf geradeaus.

Der Hauptmann und der König schreiten die Linie ab.

Vor dem Unteroffizier bleiben sie stehen. Der grüßt militärisch und die beiden grüßen zurück.

"Eure Königliche Hoheit, Herr Hauptmann, die Kompanie der IV. Luftwaffenstaffel Ost ist zur Inspektion angetreten."

"Danke, Unteroffizier Jost!", sagt der Hauptmann.

"Rührt euch!"

Die Soldaten stehen nun entspannt da.

"Männer! Heute wird uns eine ganz besondere Ehre zuteil. Heute weht hier der Wind der Geschichte durchs Lager."

Er holt einen Zettel aus der Hosentasche, faltet ihn auf und liest ab.

"Seine Königliche Hoheit, Friedrich II., König in Preußen, Kurfürst von Brandenburg, souveräner und oberster Herzog von Schlesien, Herzog von Magdeburg,

Kleve, Jülich, Berg, Pommern sowie Fürst von Halberstadt, Minden, Kammin, Fürst und Herr von Ravenstein, Herr von Frankfurt und der Markgraf von Brandenburg-Ansbach und Brandenburg-Bayreuth."

"Donnerwetter", sagt Friedrich. "Langer Name."

Die Soldaten glucksen vergnügt.

"Da ist Ruhe!", brüllt der Unteroffizier.

"Alles gut, Unteroffizier Jost, alles ganz entspannt", sagt der König.

"Friedrich II. von Preußen, den wir alle als Friedrich den Großen kennen, ist einer der bedeutendsten Feldherren der deutschen Geschichte."

Er wartet einen Moment und lässt seine Worte wirken.

„Sein Name steht nicht nur für kulturellen Fortschritt und Aufklärung, sondern vor allem für herausragendes militärisches Können und strategisches Genie."

Er sieht seine Soldaten forschend an. Dann fährt er fort:

"Als junger König betrat Friedrich 1740 die politische Bühne und bewies sofort, dass er nicht gewillt war, in den Schatten anderer Mächte zu treten. Sein erster großer Erfolg war die Eroberung Schlesiens, eines wirtschaftlich starken Gebiets, das er mit beeindruckender Effizienz und einer präzisen Führung im Österreichischen Erbfolgekrieg für Preußen sicherte. Die Schlacht bei Mollwitz zeigte, wie entschlossen und mutig er handelte – Qualitäten, die einen Anführer auch heute auszeichnen.

Doch es war der Siebenjährige Krieg, der seinen Ruf als einer der größten Feldherren Europas festigte. Trotz erdrückender Übermacht einer Koalition aus Österreich, Russland, Frankreich und anderen Gegnern führte Friedrich Preußen immer wieder zu entscheidenden Siegen. Seine Triumphe in der Schlacht bei Rossbach und bei der Schlacht bei Leuthen sind Lehrstücke militärischer Taktik, die noch heute an Akademien weltweit studiert werden – auch an den Hochschulen der Bundeswehr. Er nutzte die Faktoren Beweglichkeit und Überraschung, um scheinbar aussichtslose Situationen zu meistern.

Friedrichs Führungsstil war ebenso prägend. Er führte seine Soldaten mit Strenge, aber auch mit Weitsicht. Seine Reformen sorgten für militärische Disziplin, eine fundierte militärische Ausbildung und moderne Rekrutierungssysteme. König Friedrich legten so den Grundstein für eine der professionellsten Armeen ihrer Zeit. Preußen, das zuvor eine regionale Macht war, wurde durch ihn zu einem der einflussreichsten Staaten Europas.

Für uns heute, als Soldaten der Bundeswehr, ist Friedrichs Vermächtnis eine Erinnerung an die Bedeutung von Entschlossenheit, Innovation und Führung in schwierigen Zeiten. Es ist auch eine Mahnung: Erfolg im Militärischen kann nur dann Bestand haben, wenn er mit Klugheit und Verantwortung verbunden ist. König Friedrich II. selbst verstand dies, als er sich nach den Kriegen zunehmend der Verbesserung seines Staates widmete.

Kameraden! Friedrich der Große hat uns gezeigt, wie visionärer Mut und kluges Handeln die Zukunft einer Nation positiv prägen und verändern können. Dass wir den König heute bei uns willkommen heißen dürfen, ist ein Privileg und eine einmalige Ehre. Unfassbar, aber wahr. Zeigen wir ihm, dass wir seinen Truppen in Disziplin, Mut und Entschlossenheit in nichts nachstehen. Danke Ihnen."

Er faltet seinen Zettel zusammen und steckt ihn wieder ein.

"Na, ich hoffe, das war nicht zu lang und keinem sind die Füße eingeschlafen. So Leute, immer ein bisschen die Zehen bewegen! Dass mir keiner umkippt hier. – Wollen Sie ein paar Worte an die Truppe richten?"

"Sehr gerne", nickt der König, macht einen Schritt nach vorne und betrachtet die Soldaten.

"Vielen Dank für die freundlichen Worte, Herr Hauptmann! Ich fühle mich geehrt, heute bei Ihnen sein zu dürfen. Als der Hauptmann und ich uns dem Lager näherten, wurden wir von zwei Wachen nach der Parole gefragt. Nun, ich jedenfalls wusste die Parole nicht, näherte mich weiter dem Lager und wurde folgerichtig erschossen.“

Er blickt die Soldaten aufmerksam an und macht eine kleine Kunstpause.

„Hervorragende Arbeit!", ruft der König.

Die Soldaten schmunzeln und hier und da ist auch ein unterdrücktes Lachen zu hören.

"Ist schon gut, Unteroffizier. Ich möchte das gern etwas lockerer halten. Im Alter wird man milde müssen Sie wissen. Aber: Ich versichere Ihnen, dass ich mir voll bewusst bin, was in diesen Zeiten zu tun ist."

Die Stimmung ist wieder ernst.

"Sie denken vielleicht von mir, dass ich den Krieg liebe. Sie denken vielleicht, dass ich gerne in den Krieg gezogen bin. Aber das bin ich nicht. Es waren andere Zeiten und mir ging es immer darum, mein Land unabhängig und stark zu halten, vor Gefahren zu bewahren und Schaden von ihm abzuhalten. Ich habe in den letzten Wochen viel gelernt. Auch über die Geschichte dieses Landes und über die Geschichte der ganzen Welt. Deshalb sehe ich vielleicht besonders klar, dass die Zeiten sich ändern. Leider ist das so. Wir dürfen den Kopf nicht in den Sand stecken, sondern wir müssen der Wahrheit ins Auge blicken. Russland führt Krieg in Europa. Russland rüstet massiv auf. Russland ist eine Gefahr für unsere Sicherheit. Schon heute führt Russland einen hybriden Krieg gegen den Westen. Russland versucht den Westen zu destabilisieren und die westlichen Verbündeten zu spalten. Unsere Antwort muss militärische Stärke sein. Denn wer stark ist, den greift man nicht so einfach an. So einfach ist das. Ich werde also alles daransetzen, die Truppe so schnell wie möglich mit Waffen und Munition auszustatten, damit die ihren Auftrag erfüllen kann: Deutschland verteidigen.

Wir führen keine Angriffskriege, wir verteidigen uns und unsere Verbündeten, wenn es denn nötig sein sollte. Und leider könnte es früher nötig sein, als wir denken. Ich bin froh, in entschlossene Gesichter zu blicken. Und ich spüre, dass Sie angetreten sind, die Freiheit Ihres Landes mutig zu verteidigen. Wer mit solchen Soldaten in den Krieg ziehen muss, der kann guter Hoffnung sein.

Und jetzt sage ich zu Ihnen abschließend das, was ich immer zu meinen Soldaten gesagt habe, wenn wir in die Schlacht gezogen sind: Achten Sie auf die Männer neben sich. Achten Sie auf Ihre Kammeraden. Passen Sie aufeinander auf. Seien Sie zuversichtlich und mutig. Mehr ist nicht nötig. Ich danke Ihnen."

Der Hauptmann klatscht und alle machen es ihm nach. Der Jubel ist gewaltig. Friedrich schreitet auf die Soldaten zu und gibt ihnen einzeln die Hand. "Formation auflösen", sagt der Hauptmann locker und tritt hinzu.

***

"Wenn man von allen geliebt werden will, muss man Eisverkäufer werden, nicht Staatsmann", sagt Friedrich II. Er steht an einem Samstagnachmittag in Berlin-Neukölln auf einer Bühne und spricht in ein Mikrofon. Um die Bühne herum haben in zwei Reihen große, kräftige Soldaten der Bundeswehr Aufstellung genommen. Sie sind nicht offiziell hier, sondern haben sich heute extra einen Tag Urlaub genommen. Vor der Bühne haben sich ein paar hundert Einwohner versammelt. Auch die Polizei ist da, eine Hundertschaft hält sich im Hintergrund bereit. Die Kundgebung der Friedrich Partei wurde im Vorfeld angekündigt und alle sind gespannt darauf, was der König gerade in Berlin-Neukölln loswerden will. Auch zahlreiche Journalisten und Reporter sind vor Ort.

"Was ich Ihnen zu sagen habe, wird dem einen oder anderen von Ihnen nicht gefallen. Ich sage es trotzdem."

Während Friedrich spricht, gibt ein Mann ganz hinten auf der Bühne die arabische Übersetzung seiner Sätze in ein Notebook ein, dessen Bildschirm über der Bühne auf eine große Leinwand projiziert wird.

„Vor einigen Tagen saß ich in der U-Bahn und sprach dort mit einem jungen Mann. Er heißt Odo, ist Jude und hat..."

Ein gellendes Pfeifkonzert tönt dem König entgegen, kaum dass er das Wort Jude ausgesprochen hat.

"Ja, da haben wir's", sagt Friedrich unbeeindruckt. "Odo ist Jude und hat Angst nach Berlin-Neukölln zu kommen, weil er – man merkt es an Ihren Pfiffen – nicht willkommen ist. Ich sage Ihnen ganz offen: Mit meinem Verständnis eines Zusammenlebens ist das unvereinbar. Wir sind ein freies Land und jeder kann dorthin gehen, wo er hingehen will. Es kann nicht sein, dass sich Gebiete bilden, die man nicht betreten darf, weil man Angst um seine Gesundheit haben muss. Die man nicht betreten darf, weil man zu einem anderen Gott betet, als Mann einen Mann liebt oder als Frau eine Frau."

Laute Buhrufe und Pfiffe gellen dem König entgegen.

"Halten Sie die Klappe und hören Sie gefälligst zu!", blafft der König in die Menge.

"Ich bin hierhergekommen, um Ihnen einen guten Grund zu nennen, warum Sie mich bei der anstehenden Wahl *nicht* wählen sollten."

Die Buhrufe werden sogar noch lauter.

"Der Grund, warum Sie mich nicht wählen sollten: Ich werde die Gesetze für alle drastisch verschärfen, die neu in diesem Land sind. Wer die Gastfreundschaft Deutschlands nicht zu schätzen weiß und sich auch nur ein kleines bisschen danebenbenimmt, der muss gehen."

Friedrich beobachtet Tumulte und Handgreiflichkeiten. Einige Männer versuchen, die Reihen der Soldaten zu überwinden und zur Bühne durchzudringen.

Ein junger Mann mit schwarzen Haaren und arabischen Gesichtszügen brüllt mit hochrotem Kopf etwas in einer fremden Sprache.

"Halten Sie sich zurück", mahnt ein Polizist über ein Megaphon. Die Polizisten machen sich bereit einzuschreiten.

"Was meine ich konkret damit? Ich gebe Ihnen mal ein einige Beispiele: Sie sind neu in diesem Land und klauen einen Joghurt aus dem Supermarkt – das war's für Sie, Sie müssen Deutschland verlassen."

Die Menge tobt. Einzelne junge Männer sind rasend vor Zorn und versuchen die Soldatenkette zu durchbrechen, dringen aber nicht durch. Die Polizisten schreiten ein, drängen die Schreihälse und Unruhestifter zurück und bilden vor den beiden Soldatenketten einen dritten Wall. Breite Schutzschilde halten die Angreifer auf Distanz.

"Bleiben Sie ruhig", sagt der Polizist ins Megaphon.

"Sie sind neu in diesem Land und bedrohen einen Mitbürger mit dem Messer – das war's für Sie, Sie müssen Deutschland verlassen.

Sie sind neu in diesem Land und greifen einer Frau in der U-Bahn an die Brüste – das war's für Sie, Sie müssen Deutschland verlassen.

Sie sind neu in diesem Land und zetteln eine Prügelei an – das war's für Sie, Sie müssen Deutschland verlassen.

Sie sind neu in diesem Land und pinkeln auf den Gehsteig – das war's für Sie, Sie müssen Deutschland verlassen.

Sie sind neu in diesem Land und schlagen und treten auf Schutzschilde von Polizisten ein – das war's für Sie, Sie müssen Deutschland verlassen. So, Freunde damit wärt ihr hier vorne schon alle offiziell ausgewiesen", sagt Friedrich und zeigt auf die Männer, die gegen die Polizisten anstürmen.

"Neu im Land heißt: Sie sind hier bis zu fünf Jahren auf Bewährung."

Die Wut kennt keine Grenzen und die Schutzschilde müssen einiges an Faustschlägen und Tritten verkraften.

"Halten Sie sich zurück oder ich lasse den Platz räumen", schallt es aus dem Megaphon.

"So. Was ich sagen wollte, habe ich gesagt. Ich möchte meine Schutzmannschaft nicht länger als unbedingt nötig diesem Mob aussetzen. Eine Sache noch. Diesmal etwas Erfreulicheres."

Die Aufregung ebbt etwas ab.

"Ich habe gesagt, wer nicht willkommen ist in Deutschland. Jetzt möchte ich noch gerne sagen, wer willkommen ist. Und zwar sehr herzlich.

Herzlich willkommen in Deutschland ist – aus meiner Sicht – jeder, der unsere Werte teilt. Jeder, der sich an Recht und Gesetz hält. Es ist völlig egal, welche Hautfarbe Sie haben, ob dunkel oder hell oder gelb oder grün oder sonst was. Es ist völlig egal, woher Ihre Eltern kommen. Es ist völlig egal, zu welchem Gott Sie beten oder ob Sie überhaupt beten. Es ist völlig egal, wie Sie heißen, ob nun Michael, Anna oder Luigi, Mohamad, Aische oder Natascha. Es ist auch völlig egal, wen Sie lieben, ob Mann oder Frau. Es ist völlig egal, welches Geschlecht Sie haben. Es kommt allein auf Ihr Herz an. Sie müssen Respekt haben vor anderen. Sie müssen anständig sein. Sie müssen fleißig sein. Sie müssen dazu beitragen wollen, dass wir eine starke Gemeinschaft sind, die sich gegenseitig hilft und die aufeinander aufpasst. Seien Sie anständig, seien Sie respektvoll, seien Sie freundlich, seien Sie fleißig und seien Sie tüchtig, dann sind Sie in Deutschland herzlich willkommen. Danke."

***

Das Echo auf diesen Auftritt ist überwältigend. „König im Krieg“ titelt etwa die WILD-Zeitung. „Gestern hält Friedrich II. eine Rede in Berlin-Neukölln. Wer neu nach Deutschland kommt, soll sich fünf Jahre nichts zu Schulden kommen lassen. Sonst droht die Abschiebung! Ein gellendes Pfeifkonzert und offener Hass schallt dem König entgegen. Gewaltbereite Männer wollen auf die Bühne stürmen. Ein Großaufgebot von Polizei und Bundeswehr müssen den König schützen. Wer auch nur einen Joghurt klaut, soll ausgewiesen werden. Gnadenlose Law-and-Order-Politik! Der König zieht entschlossen in den Krieg gegen Messerstecher und Kriminelle.

Hintergrund: Der König berichtet von Odo, einem Juden, der Angst habe nach Berlin-Neukölln zu kommen. Das müsse aufhören. Damit spricht der König ein heikles Thema an. Sogar die Polizei warnt Juden und Homosexuelle offen davor, in bestimmte No-Go-Areas zu gehen. Das ist die Realität in unserem Land. Kann der König diesen Krieg gewinnen? Offen! Die Bundestagswahl wird es zeigen.“

Die Umfragewerte des Königs steigen steiler als eine Silvesterrakete. Aber er ist noch lange nicht am Ziel, wie sich wenige Tage später herausstellt.

Kapitel 16.

Der Staatshaushalt.

Hamburg im Dezember.

"Herr Bundeskanzler, sitzt Friedrich II. schon bald auf Ihrem Stuhl im Kanzleramt?", ruft eine blonde Fernseh-Journalistin dem Kanzler zu, als er gerade in seine dunkle Limousine steigen will.

Der Kanzler lächelt, denkt einen Moment nach und steigt dann doch nicht ein, sondern wendet sich der Journalistin und ihrem Kameramann zu.

"Schönen guten Abend", sagt er aufgeräumt und lächelt. Es nieselt etwas und ein Assistent tritt mit einem aufgespannten Regenschirm hinter den Kanzler.

"Also, ich gehe davon aus, dass die Wählerinnen und Wählerinnen im Februar wählen werden und mir erneut ihr Vertrauen aussprechen werden."

Der Kanzler lächelt zufrieden, als sei das bereits beschlossene Sache.

"Was macht Sie da so sicher?", will die Journalistin wissen.

"Ich vertraue da der Urteilsfähigkeit der Wählerinnen und Wählerinnen. Wir leisten gute Arbeit und ich bin überzeugt davon, dass das die Wählerinnen und Wählerinnen honorieren werden."

"Die aktuellen Umfragen sehen Friedrich II. schon bei 22%. Und Sie bei 14%."

"Das sind Momentaufnahmen, auf die ich nicht viel gebe", lächelt der Kanzler souverän und milde.

"Was macht Sie da so sicher? Der Trend ist eindeutig. Die Friedrich Partei startet richtig durch."

"Also, ich muss den Wählerinnen und Wählerinnen nichts erklären, die sind klug genug, zu durchschauen, dass der selbsternannte in Anführungszeichen 'König' allen alles verspricht. Alle sollen alles bekommen. Allein seine Ankündigung die Bundeswehr zu ertüchtigen kostet viele Milliarden. Wo soll das Geld denn bitteschön herkommen? Ich möchte auch gerne Geld für die Bundeswehr ausgeben, aber: Es ist kein Geld da! Jeder seriöse

Politiker muss seine Versprechungen mit der Realität abgleichen. Das vermisse ich gerade. Deshalb kann ich das schon lange nicht mehr ernst nehmen. Das sind unseriöse Versprechungen, Luftschlösser. Aber, wenn ich das noch sagen darf: Ich würde auch niemandem die Kanzlerschaft andienen, dessen Identität bis heute nicht geklärt ist, das ist abenteuerlich. Das Land zu führen ist aber kein Abenteuer und kein Experiment. Dazu ist das Amt zu wichtig."

"Vielen Dank, Herr Bundeskanzler."

"Sehr gerne", nickt der Kanzler und steigt in seinen Wagen.

Als der Wagen anfährt, fragt die Journalistin ihren Kameramann: „Sag mal, ich verstehe bei ihm immer nur ‚Wählerinnen und Wählerinnen'. Geht dir das auch so?"

„Ich verstehe bei dem gar nichts", meint ihr Kollege und zuckt mit den Achseln.

***

"Sie sind hier nicht erwünscht!", sagt eine füllige Frau mit grauen Locken und sieht Friedrich hasserfüllt an. Wenn Blicke töten könnten, wäre Friedrich schon dreimal tot. Er hat eine Kochschürze um und steht an der Essensausgabe einer Suppenküche in Berlin Charlottenburg, wo er mit der Schöpfkelle Gulasch austeilt. "Verzeihung, Madame", sagt er überrascht. "Aber: Warum genau bin ich hier nicht erwünscht?"

Ungerührt gibt er weiter Gulasch aus. Mark neben ihm verteilt jeweils eine Scheibe dunkles Brot zur Suppe.

"Ich kenne Politiker wie Sie", schnaubt die Frau verächtlich. "Sie kommen hierher, machen einen auf sozial und wollen sich als Retter der Armen präsentieren. Aber in Wirklichkeit, da geht es euch doch nur um schöne Bilder, die dann in die Nachrichten kommen. Ist schon klar. Wahlkampf und so. Da müsst ihr euch volksnah und sozial geben."

Ein Mann von der Suppenküche geht dazwischen.

"Ja, ja, ist schon gut, Heike. Ist alles gut. Nur nicht aufregen", sagt der Mann und drängt die Frau mit ausgebreiteten Armen zur Seite.

"Lassen Sie nur, lassen Sie die Dame. Ist schon in Ordnung, danke", sagt Friedrich. "Man muss auch mit Kritik umgehen können."

Der Mann von der Suppenküche zieht sich zurück.

"Sie wissen doch gar nicht wie das ist, nichts zu haben!", schimpft Heike nun lautstark. "Leute, die mit dem goldenen Löffel aufwachsen, haben doch keine

Ahnung! Die können nur klug daherreden – und am Ende arbeiten die doch eh nur in die eigene Tasche. Haha, ich kämpfe für Deutschland! Von wegen! Ihr arbeitet nur für euch selbst! Wir sind nicht so dumm, wie ihr denkt! Und jetzt pack deine Fotografen und Kameraleute wieder ein und schleich dich!" Heike ist immer lauter geworden. Den letzten Satz hat sie gebrüllt. Rot vor Zorn und mit bebenden Lippen steht sie vor dem König. Die anderen Menschen in der Suppenküche verfolgen bewegungs- und atemlos den Wutausbruch. "Mensch! Du hast doch keine Ahnung! Du hast doch keine Ahnung, wie es ist, ein Leben lang zu arbeiten und dann so eine kleine Rente zu kriegen, dass es hinten und vorne nicht reicht. Du weißt doch gar nicht, wie das ist, wenn man jeden Cent umdreht, damit man den Kindern was zum Geburtstag kaufen kann, damit sie auf Klassenfahrt können, damit sie's warm haben in der Wohnung..." Die Frau bricht in Tränen aus. Der Mann von der Suppenküche umarmt sie und hält sie fest, dabei spricht er beruhigend auf sie ein.

Friedrich muss schlucken. Der Ausbruch geht ihm nahe. "Es tut mir leid", sagt er. "Ich weiß tatsächlich nicht, wie das ist."

"Ja!", bäumt sich die Frau erneut auf. "Und jetzt wollen Sie uns noch mehr wegnehmen! Die Leistungen zusammenstreichen! Wo es doch jetzt schon kaum reicht!" Sie will auf den König losgehen und Mitarbeiter der Tafel können sie nur mit Mühe zurückhalten.

"Nein, gestatten Sie, dass ich Ihnen widerspreche, Madame", sagt Friedrich. "Ich will die staatlichen Leistungen an Sie nicht kürzen und zusammenstreichen. Ganz im Gegenteil: Ich will die Leistungen an die wirklich Bedürftigen erhöhen. Und zwar deutlich."

"Ach ja? 10 Euro im Monat?", ruft die Frau aufgebracht. "Danke sehr! Vielen herzlichen Dank, Herr König!", keift sie ironisch.

"Nein. 30 Prozent mehr."

"30%? Das machen Sie nie im Leben! Da lachen ja die Hühner."

"Nun, ich bin durchaus bekannt dafür, Staatsmann zu sein – und kein Komiker."

"Echt jetzt?", fragt ein Mann in der Reihe. "30% mehr Leistung?"

"Kriegen Sie nie durch", schüttelt eine Frau den Kopf. "Die Kassen sind leer. Nie im Leben!"

"Die Kassen sind nicht leer, sie sind recht voll. Nicht üppig, aber ausreichend", berichtigt sie Friedrich.

"Wie meinen Sie das?"

"Sehen Sie mal, der Bundeshaushalt sieht Einnahmen und Ausgaben in Höhe von rund 480 Milliarden Euro vor. Das ist sehr viel Geld! Das mal als Rahmen, in dem wir uns bewegen. So, in Deutschland bekommen rund 5,5 Millionen Menschen die Grundsicherung, das sogenannte Bürgergeld. Bürgergeld? Was für ein unsinniger Begriff. Bürgergeld suggeriert ja, dass jeder Bürger einfach vom Staat Geld bekommen soll, weil er ein Bürger ist. Das ist aber nicht so. Der Staat, das sind wir alle. Wir wollen die Schwachen auffangen, die sich nicht selbst helfen können. Das ist gut und das muss auch so bleiben! Wir wollen nicht bei den Ärmsten sparen. Wir wollen, dass jeder anständig leben kann, auch dann, wenn er in Not geraten ist. Es geht darum, den Menschen wieder auf die Beine zu helfen. Von den 5,5 Millionen sind allein 1,8 Millionen Kinder und Jugendliche. Von dieser Gruppe kann man nicht erwarten, dass sie sich selbst hilft, das müssen wir für sie tun. Kinder und Jugendliche sind unsere Zukunft, hier ist die Grundsicherung also eine höchst sinnvolle Investition. Aber: Es gibt 1,7 Millionen Menschen, die Bürgergeld beziehen und arbeiten könnten. Ich habe kein Verständnis dafür, dass es offene Stellen gibt und 1,7 Millionen Arbeitslose."

"Quatsch! Zwei Drittel davon haben noch nicht mal eine Ausbildung! So kriegen die nie einen Job", murrt ein Mann in der Schlange.

"Da irren Sie sich. Wenn wir diesen Leuten den Geldhahn abdrehen, dann finden die einen Job, das verspreche ich Ihnen. Ja, sicher nicht den besten Job. Diese Leute werden nicht als Rechtsanwalt oder Börsenmakler arbeiten können. Aber sie werden arbeiten, weil sie arbeiten können und müssen. Wir haben nicht nur einen gewaltigen Bedarf an qualifizierten Fachkräften, wir haben auch einen riesigen Bedarf an unqualifizierten Arbeitskräften. Diese Arbeitskräfte sind da. Wir müssen es nur schaffen, sie dazu zu bewegen, die Jobs anzunehmen, die es gibt.“

"Und was ist, wenn die den Job nicht annehmen?"

"Dann gibt es kein Geld. Keinen Euro gibt es dann. Wer arbeiten kann, der soll arbeiten und nicht herumsitzen. Wer nicht arbeiten kann, in Ordnung, für den sorgen wir. Aber wer arbeiten kann, der muss auch arbeiten!"

"Nee, nee, das läuft so nicht. Das Bundesverfassungsgericht hat 2019 entschieden, dass das Existenzminimum in Deutschland zu jeder Zeit gesichert sein muss. Eine hundertprozentige

Streichung von Leistungen ist nicht mit der Verfassung vereinbar", weiß ein Mann.

"Völlig richtig, das hat das Bundesverfassungsgericht entschieden, weil es so in der Verfassung steht. Aber: Mit einer Zwei-Drittel-Mehrheit in Bundestag und Bundesrat können wir die Verfassung in diesem Punkt überarbeiten und anpassen. Wir müssen mit gesundem Menschenverstand handeln. Man kann alles ändern. Man muss es nur wollen. Also weiter: Rund 2 Millionen Bürgergeldempfänger pflegen Angehörige oder sind Alleinerziehend und können deshalb nicht berufstätig sein. Ich finde: Diese Leute arbeiten schon, sehr intensiv sogar. Nur eben nicht in einem Beruf. Okay, das ist so. Mein Ansatzpunkt ist aber bei den 1,7 Millionen Bürgergeldempfängern, die arbeiten könnten. Wenn 5,5 Millionen Menschen 26 Milliarden Euro Bürgergeld erhalten, dann würden 3,8 Millionen Menschen etwa 18 Milliarden Euro Bürgergeld erhalten. Wie komme ich auf 3,8 Millionen Menschen? Na, ich habe von den 5,5 Millionen Bürgergeldempfängern 1,7 Millionen abgezogen. Das sind die Arbeitsfähigen, die weder Angehörige noch Kinder versorgen müssen. Jetzt packen wir wie versprochen 30% mehr Geld ins Bürgergeld, das wären dann 18 Milliarden plus 5,4 Milliarden, sind 23,4 Milliarden. Macht 2,6 Milliarden weniger Ausgaben für den Staat im Vergleich zu vorher und

1,7 Millionen zusätzliche Arbeitskräfte, die in die Sozialsysteme einzahlen – das ist jetzt noch gar nicht in der Rechnung mit drin."

"2,6 Milliarden sind ja nichts", grummelt ein Mann.

"Na, Sie sind gut! 2,6 Milliarden sind 2,6 Milliarden!", weist ihn Friedrich zurecht.

"Aber weiter! Sehen wir uns den Bundeshaushalt doch an! Deutschland leistet sich ein Bundesministerium für wirtschaftliche Zusammenarbeit und Entwicklung. Etat: 12 Milliarden Euro! Was passiert damit? Nun, damit soll die Welt besser werden. Wir geben das aus für eine friedlichere, gerechtere, nachhaltigere Welt. Schön, wenn man sich das leisten kann. Wir sind aber kein Krösus, wir sind ein Land in ernsten Schwierigkeiten. Ich verteile doch keine 12 Milliarden in der Welt und streiche zuhause im eigenen Land alles mit dem Rotstift zusammen! Wie völlig abgehoben kann man sein, bitteschön?!"

Jetzt klatschen die Menschen spontan. Das leuchtet jedem ein.

"Das hab' ich auch nie kapiert", murmelt eine Frau und schüttelt den Kopf. "12 Milliarden! Ein Wahnsinn."

"Unser Haushalt ist aufgebläht. Das geht so nicht! Auswärtiges Amt: 5,9 Milliarden! Hallo? 5,9 Milliarden für Beziehungen zum Ausland? Lächerlich!"

"Da sind eben die janzen Stylisten, Friseure und Fotografen für unsere Frau Außenministerin mit drinne", gluckst eine Frau.

"Ja, vermutlich", grinst Friedrich. "Das muss auch mit 2 Milliarden gehen. Jede Wette, dass es geht."

"Macht 2,6 + 12 + 3,9 = 18,5 Milliarden, die Sie schon eingespart haben. Reden Sie nur weiter!", grinst ein Mann freundlich.

"Bundeskanzler und Bundeskanzleramt: fast 4 Milliarden. Auch aufgebläht. Ich bin der erste Diener meines Staates, ich muss mit gutem Beispiel vorangehen, den Gürtel enger schnallen und vernünftig haushalten. 2 Milliarden reichen dicke!"

"Bravo: 20,5 Milliarden“, sagt der Rechner.

"Ein riesiger Posten ist unsere jährliche Zahlung an die EU: rund 30 Milliarden Euro."

Ein Raunen geht durch die Reihen.

"Aber wir bekommen ja auch was zurück!", wirft eine Frau ein.

"Richtig", nickt Friedrich. "Wieviel bekommen wir zurück, Mark?"

"Moment, das haben wir gleich", sagt Mark und tippt auf sein Handy ein. "Na, etwa 13 Milliarden", gibt er bekannt.

"Also, dann zahlen wir rund 17 Milliarden an andere EU-Länder. Da müssen wir runter. Das wird schwierig, aber unmöglich ist es nicht. Sagen wir, wir können um 4 Milliarden auf 13 Milliarden reduzieren. Kann mehr sein, aber auch weniger, muss man dann mal sehen."

"Bravo: 24,5 Milliarden in 10 Minuten. Wenn Sie noch eine Stunde weiterreden, ist der Staatshaushalt saniert", meint ein Mann.

"Und was wollen Sie mit den 24,5 Milliarden machen?", will Heike wissen, die sich inzwischen sichtlich beruhigt hat.

"Investieren", sagt der König und setzt die Essensausgabe fort. Die Aufregung ist vorbei, der Hunger ist noch da.

"Wir müssen in die Zukunft investieren. In Bildung, Ausbildung, Zukunftsthemen. Etwa Künstliche Intelligenz, Digitalisierung, Elektromobilität, Ausbau der Infrastruktur, Glasfaser-Internet. Da gibt es jede Menge aufzuholen. Auch bei der Sicherheit. Da ist in den letzten 20 Jahren viel liegengeblieben. Die Politik der ruhigen Hand stellt sich heute leider als Politik der ruhigen Kugel heraus. Da sind 24,5 Milliarden ein Klacks."

***

„Was machen Sie da?“, fragt Friedrich II., als er in Schloss Sanssouci in die Küche kommt und Caro und Mark tief zurückgelehnt am kleinen Küchentisch sitzen sieht.

„Nichts“, meint Mark.

„Wir chillen“, sagt Caro.

„Chillen? Was ist das?“

„Das ist Englisch, Euer Hoheit. Es bedeutet: Wir entspannen uns. Wir hängen zusammen ab.“

„Das ist Jugendsprache“, erläutert Mark.

„Na, Sie müssen schon entschuldigen, aber ich bin nicht mehr so ganz am Puls der Jugendsprache“, sagt der König und setzt sich dazu.

Er betrachtet Caro und Mark und lehnt sich dann in seinem Stuhl ähnlich weit zurück.

„Sie hängen mit uns ab?“, fragt Caro. „Find ich cool.“

„Tja, ich tue mir nur etwas schwer damit, mit diesem Chillen und Abhängen. Mein ganzes Leben waren geprägt von Disziplin und Arbeit. Die erste

Bürgerpflicht ist es seinem Vaterland zu dienen. Und das habe ich getan."

„Ja, das ist schon okay", meint Mark. „Aber im Leben gibt es noch mehr als nur die Arbeit. Man muss auch mal anhalten im Leben. Sonst rast der ganze Film viel zu schnell an einem vorbei."

Friedrich nickt nachdenklich.

Eine Weile schweigen die drei.

„Erzählen Sie uns doch mal einen Schwank aus Ihrem Leben, Majestät", schlägt Caro vor.

„Einen Schwank aus meinem Leben? Sehr gerne. Wie wär's? Trinken wir ein Glas Wein?"

„Bin dabei", sagt Mark. „Gerne", sagt auch Caro.

„Bitte, bleiben Sie sitzen, Mark. Eine Falsche Wein kann ich schon noch alleine öffnen."

Er holt drei Weingläser und eine Flasche Wein und macht sich daran, die Flasche zu öffnen."

„Also, das ist die Geschichte, wie ich zu meinem Beinamen ‚Der Kartoffelkönig' kam. Es war so: Ich hatte ein Problem. Meine lieben preußischen Bauern wollten keine Kartoffeln pflanzen. Sie hielten die Knollen für wertlos, ja sogar für Schweinefutter. Aber ich wusste, wie wichtig diese Pflanze für unser Land sein könnte. Sie ist robust, liefert viel Nahrung und kann sogar auf schlechten Böden gedeihen. Doch wie überzeugt man Menschen, etwas Neues zu akzeptieren, wenn sie sich stur weigern?“

Er schenkt die Gläser ein, setzt sich wieder und die drei stoßen zusammen an.

„Da kam mir eine Idee. Ich dachte mir: Wenn ich den Leuten zeige, dass die Kartoffel etwas Besonderes ist, dann werden sie sie von ganz alleine wollen. Also ließ ich in der Nähe meines Schlosses ein Kartoffelfeld anlegen – aber nicht irgendwo, sondern gut sichtbar. Und dann habe ich Soldaten postiert, die das Feld bewachen sollten. Natürlich ließ ich sie anweisen, dabei nicht allzu aufmerksam zu sein.

Und wie ich es erwartet hatte, wurde so das Interesse der Bauern geweckt. Es dauerte nicht lange, bis die Bauern anfingen, über mein Kartoffelfeld zu tuscheln. ‚Warum bewacht der König diese Pflanzen?‘, fragten sie sich. ‚Muss ja etwas ganz Wertvolles sein!‘ Nachts, wenn die Wachen absichtlich wegsahen, schlichen sich die Bauern aufs Feld und stahlen die Kartoffeln.

Genau das war mein Plan! Denn jetzt hatten sie die Knollen in der Hand und probierten sie aus. Sie pflanzten sie auf ihren eigenen Feldern, und ehe wir uns versahen, wuchs die Kartoffel in ganz Preußen. Die Skepsis war verschwunden, und plötzlich war die Kartoffel ein fester Bestandteil der Landwirtschaft – und der preußischen Küche. Ja, manchmal muss man die Menschen gar nicht mit Verordnungen und Gesetzen nerven, man muss sie nur neugierig machen."

„Coole Geschichte", nickt Caro und die drei stoßen erneut miteinander an.

„Auf den Kartoffelkönig!"

Kapitel 17.

Das Fernsehduell.

Berlin im Januar.
"Herzlich willkommen zum Wahlabend Spezial bei uns im Ersten", sagt Moderatorin Kathrin Mohnburger und blickt dabei gut gelaunt in die Kamera, während etwa 50 Zuschauerinnen und Zuschauer auf einer Tribüne im Studio begeistert applaudieren. "Bitte begrüßen Sie jetzt gemeinsam mit mir die Spitzenkandidaten der aktuell bestplatzierten Parteien. Herrn Bundeskanzler Anton Holz von der SPD." Eine Kamera zeigt den Bundeskanzler, der im Studio hinter einem Stehpult freundlich lächelt, während die Studiogäste freundlich applaudieren.

"Frau Außenministerin Bettina Bergmann, Spitzenkandidatin von Bündnis 90/Die Grünen. Die Kamera gleitet geräuschlos weiter und zeigt die freundlich nickende Außenministerin, die ebenfalls Applaus erhält.

"Den Mann, den wir als Friedrich II. kennengelernt haben, von der Friedrich Partei." Nun schwenkt die Kamera auf den König, der knapp nick und ebenfalls mit Applaus bedacht wird.

"Frau Rebecca Marx von der Rebecca Marx Partei." Die Kamera zeigt eine schlanke Frau im roten Kostüm mit langen glatten blonden Haaren. Auch Rebecca Marx erhält Applaus.

"Frau Anette Müller von der AFD, der Alternative für Deutschland." Anette Müller, eine schlanke Blondine im marineblauen Hosenanzug mit langen, zu einem Pferdeschwanz gebundenen Haaren, grüßt freundlich in die Kamera und nickt den Zuschauern im Studio zu, die applaudieren.

"Und last, but not least: Herrn Friedrich April von der CDU. Herzlich willkommen auch Ihnen."

Ein Mann mit rappelkurzen Haaren im hellblauen Anzug und hellwachen Augen nickt gut gelaunt in die Kamera. Auch er erhält wohlwollenden Applaus von den Rängen.

"Schön, dass Sie heute Abend hier sind. Ja, in knapp sechs Wochen ist Bundestagswahl. Vorgezogen nach dem Ampel-Aus. Apropos Ampel: Wenn Sie den Ampelpartner FDP vermissen, dann liegt das nicht etwa an uns, das liegt vielmehr an den aktuellen Umfragen, die das unabhängige Instituts DNS Etex im Auftrag der ARD erstellt hat. Darin liegt die FDP bei 3,3%, das ist ein bisschen zu wenig für diese Runde. Soviel dazu. Nun wollen wir aber mit den Gästen sprechen, die in der Wählergunst deutlich weiter vorne liegen. Beginnen wir mit Ihnen, Herr Bundeskanzler."

Die Kamera zeigt Anton Holz, der die Moderatorin hocherfreut und erwartungsvoll anblickt. "Bei der letzten Wahl haben Sie mit dem Schlagwort Respekt gewonnen. Diesmal setzen Sie auf den Aufhänger 'Wir kämpfen'. Wie passt dieser Kampf zu jemanden, der doch eigentlich der Friedenskanzler sein will, der Deutschland aus dem Ukraine-Krieg heraushält?"

"Das sehe ich nicht als Widerspruch. Wir haben übrigens die Idee des Respekts nie aufgegeben, das gilt nach wie vor. Wer arbeitet oder gearbeitet hat, wer Kinder großzieht oder Angehörige pflegt, der hat unseren Respekt verdient. Ja, richtig, ich habe mit Besonnenheit und Weitsicht dafür Sorge getragen, dass Deutschland keine Konfliktpartei wird. Aber ich und wir in der SPD, wir kämpfen auch. Wir kämpfen für die Menschen und für Deutschland. Jeden Tag aufs Neue."

"Sie kämpfen, sagen Sie – und das müssen Sie wohl auch angesichts der Umfragewerte. DNS Etex sieht Sie nur bei 14%. Schauen wir uns mal die Zahlen an.“ Ein Balkendiagramm wird eingeblendet.

Kathrin Mohnburger liest vor: "Wenn heute Bundestagswahl wäre, dann sähe die Zusammensetzung des deutschen Bundestages laut einer repräsentativen Umfrage des unabhängigen Instituts DNS Etex so aus: Die Friedrich Partei kommt auf 22 %. Auf Platz 2 folgt die CDU/CSU mit 19 %. Dritter wäre die AfD mit 15 %. Danach folgt die SPD mit 14 %. Gefolgt von Bündnis 90/Die Grünen mit 12 % und der Rebecca Marx Partei mit 11 %. Und die sonstigen Parteien kommen auf zusammen 7% der Wählerstimmen. – Herr Bundeskanzler, Sie haben noch knapp sechs Wochen Zeit, die Sache zu drehen. Was sagen Sie den Wählerinnen und Wählern?"

"Also, zunächst einmal darf ich darauf hinweise, dass ich bei der letzten Wahl mit ähnlich wenig erfreulichen Zahlen konfrontiert wurde und wie Sie wissen, hat es dann am Ende doch geklappt mit dem Wahlsieg. Ich nehme die Zahlen aber zur Kenntnis und als Ansporn, noch besser zu vermitteln, wofür wir von der SPD stehen, was wir in der Ampel-Regierung für die Menschen und für Deutschland geleistet haben und was wir vorhaben mit dem Regierungsauftrag zu tun, sollte er denn kommen. Wir haben Vieles auf den Weg gebracht und umgesetzt – aber wir haben es nicht immer ausreichend kommuniziert."

"Dann machen Sie's doch mal konkret, was haben Sie denn geschafft?", hakt die Moderatorin nach.

"Ja, das wollte ich ja gerade erläutern. Wir haben das gehalten, was wir versprochen haben. Wir haben gesagt, dass wir niemanden alleine lassen mit seinen Ängsten und Sorgen und wir haben uns erfolgreich dagegen gewehrt, dass der Sozialstaat in wirtschaftlich schwierigen Zeiten unter die Räder kommt. Wir haben verhindert, dass Deutschland Kriegspartei wird. Und wir haben das Energieproblem gemanagt, denn wie Sie wissen, waren wir abhängig von Energie aus Russland und hier haben wir schnell und zielgerichtet Lösungen und Alternativen organisiert."

"Und trotz dieser Dinge, die Sie als Erfolge aufzählen, liegen Sie abgeschlagen auf Platz vier. Vielleicht sind diese Erfolge doch nicht so überzeugend? Wie erklären Sie es sich denn, dass die neu gegründete Friedrich Partei aus dem Nichts auf Platz 1 vorgestoßen ist?"

Der Bundeskanzler wiegt sich bedächtig leicht hin und her. "Na, ich sagte ja bereits, dass wir den Kampf aufnehmen und um jede einzelne Stimme ringen werden. Wie erkläre ich mir das? Nun, wenn man die Regierungsverantwortung nicht hat, dann ist es immer leicht, alles besser zu wissen. Und ich nehme bei Herrn Friedrich wahr, dass er viel verspricht. Vielleicht auch: zu viel. Fragen Sie ihn doch mal, wo das Geld für seine vielen Versprechen herkommen soll?"

"Ja, eine schöne Überleitung", meint die Moderatorin. "Vielen Dank dafür, Herr Bundeskanzler. Wenn es mit dem Kanzleramt nichts werden sollte, Sie haben offenbar auch Talente abseits der Politik."

Das Publikum lacht und applaudiert.

"Ja, Friedrich II. Die Frage geben ich an Sie weiter: Wie wollen Sie Ihre Vorhaben finanzieren? Und vielleicht skizzieren Sie noch einmal kurz und knapp, was diese Vorhaben im Wesentlichen sind."

"Schönen guten Abend, Frau Mohnburger. Schönen guten Abend in die Runde und an die Zuschauerinnen und Zuschauer. Das möchte ich gerne tun. Wenn Sie mir Ihre Stimme geben, dann will ich eine radikale Wende einleiten. Radikal, denn: In Gefahr und höchster Not bringt der Mittelweg den Tod. Wir müssen umdenken und umsteuern. Nicht irgendwann, sondern jetzt."

Applaus vom Publikum auf der Tribüne.

"Ich möchte Deutschland zu einem Magneten machen, der die fähigsten Köpfe der Welt anzieht. Wir müssen uns auf die deutschen Tugenden besinnen, die dieses Land groß gemacht haben: Erfindungsgeist, Ideen, Mut, Zuversicht und Tatkraft. Dazu Disziplin, Leistungsbereitschaft und Fleiß. Wir brauchen die Lust am Gestalten, am Verändern, am kreativ sein. Wir brauchen die große Wende. Und wir brauchen sie jetzt.“

Noch stärkerer Applaus unterbricht den König.

"Kommen Sie bitte zum Punkt", ruft die Moderatorin dazwischen.

"5 Felder müssen wir beackern.

Feld 1: Wir werden zusätzliche Milliarden in Bildung, Forschung, KI und Digitalisierung stecken.

Feld 2: Wir werden die Bürokratie radial entrümpeln, verschlanken und vereinfachen. Die innere Sicherheit werden wir wieder gewährleisten, indem wir den Beruf der Sicherheitskräfte attraktiver bezahlen und unsere Ordnungsmacht besser ausstatten. Wer neu in unser Land kommt, ist willkommen, hat aber eine Bewährungszeit von 5 Jahren, in der er oder sie sich nichts zu Schulden kommen lassen darf, sonst muss er oder sie das Land sofort verlassen.

Feld 3: Wir werden für nachhaltige, bezahlbare und verlässliche Energie sorgen und der Wirtschaft zu einem attraktiven Preis zur Verfügung stellen. Die Infrastruktur werden wir mit vielen zusätzlichen Milliarden erneuern, damit die Wirtschaft beste Rahmenbedingungen hat sich zu entfalten.

Feld 4: Wir werden die Wirtschaft stimulieren, indem wir die Selbstständigkeit und das Unternehmertum sowie die Innovationskraft fördern.

Feld 5: Wir werden junge Menschen darin schulen, wie man privat ein eigenes Vermögen aufbaut und wie man klug vorsorgt.

So, wo soll das Geld für diese fünf Felder herkommen? Wir werden kein sogenanntes Sondervermögen schaffen, denn mit diesem Wort verkauft man die Bevölkerung für dumm. Niemand kann ein Sondervermögen aus dem Nichts erschaffen. Das wäre Zauberei und soweit ich weiß, gibt es das nur im Kino. Nein, Sondervermögen schaffen heißt in Wirklichkeit: Schulden machen, mit denen dann die nächsten Generationen belastet werden. Das ist mir zu einfach und zu billig. Ware Regierungskunst besteht darin, mit den Mitteln zu haushalten, die vorhanden sind.

Ich werde daher einsparen, was ich zusätzlich ausgeben möchte. 1,7 Millionen Arbeitslose könnten arbeiten, tun es aber nicht, weil wir sie nicht dazu zwingen. Oder, wie es der Herr Bundeskanzler ausdrückt: Weil wir Respekt vor ihnen haben. Nun, ich habe leider keinen Respekt und erlaube mir, zu verfügen, dass jeder Arbeitsfähige arbeiten muss. Wer nicht arbeiten kann, aus Krankheit oder weil er Kinder versorgen muss oder Angehörige pflegen muss, der hat nichts zu befürchten und bekommt sogar 30% mehr Leistungen. Warum? Weil wir eine Solidargemeinschaft sind und unseren Mitgliedern in Not anständig helfen wollen. Jeder kann in Not geraten. Jeder. Ich möchte, dass diese Personengruppe anständig leben kann und dafür möchte ich die Leistungen um 30% aufstocken.

Das Bundesministerium für wirtschaftliche Zusammenarbeit und Entwicklung werden wir abschaffen. Den Etat von 12 Milliarden Euro werden wir für Deutschland nutzen, nicht für die große weite Welt. Die 5,9 Milliarden des Auswärtigen Amts werden wir auf 2 Milliarden zurechtstutzen. Ebenso verfahren wir mit dem Etat des Bundeskanzleramts: Von 4 aus 2 Milliarden. Und die Zahlungen an die EU begrenzen wir von 17 auf 13 Milliarden. Und so weiter. Das nennt man mit den Mitteln haushalten, die man hat."

Das Publikum applaudiert lange und kräftig.

"Herr Friedrich April, hat Sie Ihr Namensvetter rechts überholt? Klingt ja durchaus radikal, was wir da hören."

"Ja, radikal ist das richtige Wort. Ich habe für die Grundhaltung Sympathien, das sage ich ganz offen, aber die Umsetzung ist mir in der Tat zu radikal. Da könnte viel Porzellan zerschlagen werden. Dass man die Entwicklungshilfe zurückfährt, okay, das verstehe ich. Aber dass er gleich das ganze Ministerium abschaffen will, also, das geht dann doch zu weit."

"Geht das zu weit, Frau Außenministerin?"

"Ich finde, das ist reinster Populismus. Wir können doch Deutschland nicht isoliert sehen, wir müssen Deutschland immer im Kontext betrachten. Was passiert denn, wenn wir die Entwicklungshilfe einfach einstellen? Dann werden die Bedingungen im Ausland noch schwieriger und es kommen noch mehr Flüchtlinge zu uns."

"Was meint Anette Müller von der AFD?"

"Ich finde diese Radikalität gut, denn eines stimmt: So ein Weiterwursteln wie bisher darf nicht sein. Das muss aufhören. Für 12 Milliarden Euro nicht das Ausland sanieren, sondern das eigene Land? Ja, finde ich gut, da sind wir dabei."

"Friedrich II., die AfD finde die Idee gut. Finden Sie gut, dass die das gut finden? Wie sieht es denn aus mit Ihrer Brandmauer gegen die AfD? Gibt es da eine?"

"Von pauschalen Brandmauern gegen Parteien halte ich wenig. Wenn eine Partei von Millionen Bürgerinnen und Bürgern gewählt wird, dann vertritt diese Partei diese Millionen Menschen. Damit muss man sich dann auch ernsthaft auseinandersetzen. Ich finde es nicht klug, pauschal Gespräche abzulehnen, weil man anderer Meinung ist. Mit Demokratie hat das wenig zu tun. Da geht es um den Austausch von Meinungen. Ob man einen gemeinsamen Nenner findet, muss man sehen, aber einen Versuch ist es immer wert."

Anette Müller nickt zustimmend.

"Sehe ich genauso."

"Klingt nach vorgezogenen Koalitionsverhandlungen", meint die Moderatorin.

"Nein", sagt der König. "Ich stelle nur fest, dass ich nichts davon halte eine große Partei grundsätzlich auszugrenzen. Das würde ja bedeuten den Willen von

Millionen von Wählerinnen und Wählern zu ignorieren. Damit muss man sich schon auseinandersetzen, auch, wenn es unbequem ist. Für einen bequemen Berufsalltag werden wir nicht gewählt. Wir werden gewählt, damit wir das Unbequeme anpacken. Das will ich gerne tun.

Aber: Wenn die AfD aus der Europäischen Union austreten will und den Euro abschaffen möchte, dann trifft das bei mir auf Skepsis. Deutschland ist eine starke Exportnation. Das heißt: Ein großer Teil unseres Geschäfts besteht darin, Waren ins Ausland zu verkaufen. Wir profitieren von der EU und vom Euro. Warum das plötzlich nicht mehr gelten soll, erschließt sich mir nicht. Außerdem gefällt mir das Verständnis von zahlreichen AfD Mitgliedern für Russland nicht. Das gefällt mir ganz und gar nicht. Unser Kompass muss klar sein. Russland hat einen Krieg vom Zaun gebrochen. Russland bedroht unsere Sicherheit. Russland ist der Feind. Wir stehen für Freiheit, Russland steht für Zwang. Wir stehen für Demokratie, also eine Regierung, die vom Volk ausgeht, Russland steht für eine Diktatur."

"Wie sehen Sie das, Frau Marx?"

"Ich finde dieses Schwarz-Weiß-Denken offen gestanden unerträglich. Ja, Russland hat einen Krieg begonnen und dafür haben ich Russland immer kritisiert. Aber wir müssen auch in die Zukunft blicken. Und da stellen wir eben fest, dass uns Russland näher ist als die USA."

Friedrich hebt missbilligend die Augenbrauen. Friedrich April rauft sich die Haare.

"Ich finde es besorgniserregend, dass so ein Kriegstreiber nach der Macht greift. Jemand, der die Bundeswehr massiv aufrüsten will, wo doch das Gegenteil sinnvoll wäre: nämlich weniger Waffen! Wir brauchen keine Waffen, wir brauchen Verhandlungen und Diplomatie", sagt Rebecca Marx.

"Weniger Waffen? Gehen Sie doch nach Moskau!", sagt Friedrich und lächelt belustigt.

"Hallo! Was für eine Unverschämtheit! Was erlauben Sie sich? Ich habe mir Russland nichts zu tun. Sowas verbitte ich mir."

„Nur wenige Menschen denken, und doch wollen alle entscheiden", sinniert der König.

"Sie heißen doch sogar Marx. Wenigstens das können Sie nicht leugnen", sagt Friedrich April gut gelaunt.

"Zurück zum Thema", fordert die Moderatorin.

"Frau Marx, was halten Sie von der Forderung das Bundesministerium für wirtschaftliche Zusammenarbeit und Entwicklung radikal abzuschaffen?"

"Da bin ich ganz klar: Sich aus der weltweiten Solidarität einfach so zu verabschieden, das geht gar nicht! Deutschland ist ein reiches Land. Da kann man es schon von uns erwarten, dass wir unserer Verantwortung international gerecht werden. Mir graut davor, von einem Mann regiert zu werden, der Vorstellungen hat, die 300 Jahre alt sind."

"Ich bin über 300 Jahre alt, meine Vorstellungen nicht, keine Sorge", entgegnet der König.

"Herr Bundeskanzler, was halten Sie von der Vorstellung, das Kanzleramt für einen König zu räumen, der aus der Vergangenheit kommt, um Deutschlands Zukunft zu retten?", fragt die Moderatorin.

"Also, da wird mir ganz schwummerig. Das klingt wie ein Science-Fiction-Film. Wir können doch nicht ernsthaft unser Land so einer Person anvertrauen. Jeder rational denkende Mensch weiß doch: Da stimmt irgend etwas nicht. Ich bitte Sie! Sind wir hier bei Verstehen Sie Spaß? Dazu ist die Lage leider zu ernst."

"Genanalysen sagen: Er ist es. Wunder hin oder her", sagt die Moderatorin.

"Ja, die Zuschauerinnen und Zuschauerinnen werden sich schon ihren Teil denken", sagt der Bundeskanzler und grinst vergnügt wie ein Schlumpf.

"Also ein direkter, persönlicher Angriff auf Friedrich II. Wollen Sie darauf etwas entgegnen?", fragt die Moderatorin.

"Nein, eigentlich nicht. Vielleicht nur eine kleine Anmerkung zur Kanzlerfrage am Rande: Ich bin zwar rechnerisch über 300 Jahre alt, aber mein Gedächtnis funktioniert doch recht gut. Was man nicht von allen hier behaupten kann."

"Sie spielen auf den Banken-Skandal an, bei dem sich der Herr Bundeskanzler an gar nichts mehr erinnern kann?"

"Ich spiele auf einen Skandal an. Und ich würde das nicht unbedingt einen Banken-Skandal nennen."

"Touché", meint Friedrich April fröhlich.

"Aus meiner Sicht als Bundesaußenministerin ist es gefährlich, einen Mann zum Bundeskanzler zu wählen, der gegen unsere Nachbarn Krieg geführt hat. Er hat gegen Österreich gekämpft, gegen Frankreich, gegen Schweden und gegen Russland! Außerdem hat er sich an den Teilungen Polens beteiligt. Wie würden

Sie sich fühlen, wenn so ein Kriegstreiber wieder an die Macht kommen würde?"

Die Moderatorin bläst Luft aus den Backen.

"Puh! Starker Tobak. Friedrich II., sind Sie ein Kriegstreiber und müssen wir uns Sorgen machen?"

"Nein, ich möchte keinen Krieg führen. Aber im Notfall weiß ich, wie man einen Krieg nicht nur führt, sondern auch gewinnt. Ich glaube: Wenn man einen Krieg vermeiden will, dann muss man so stark sein, dass niemand sich traut einen anzugreifen."

"Ich glaube Ihnen. Kein. Einziges. Wort. Sie sind ein Lügner, Betrüger und Hochstapler. Sie geben sich als Friedrich II. aus, um die Menschen für sich einzunehmen. Sie wollen Europa mit Krieg überziehen und Russland angreifen. Wozu wollen Sie die Bundeswehr denn sonst hochrüsten?!", sagt Außenministerin Bettina Bergmann.

"Zur Abschreckung. Damit uns niemand angreift", entgegnet Friedrich.

"Wir müssen diesen Mann stoppen. Unbedingt. Jetzt oder nie", sagt Bettina Bergmann mit fester Stimme. "Er macht uns etwas vor. Sobald er die Macht hat, wird er uns in Kriege stürzen. So, wie er es immer getan hat."

"Nehmen wir an, Sie erhalten den Regierungsauftrag, Frau Bergmann. Was würden Sie tun?"

"Wie Sie wissen fühle ich mich sehr wohl in meinem Amt und es ist mir eine Herzensangelegenheit meine feministische Außenpolitik nahtlos fortzuführen. Aber gut, wenn ich zur Kanzlerin gewählt werden würde, dann würde ich mich diesem Ruf sicher nicht verschließen und das Kanzleramt antreten. Außenpolitik würde ich geleichwohl weiter betreiben. Nur eben in der Funktion der Kanzlerin."

"Ich meinte mit meiner Frage, was Sie tun würden, eigentlich nicht Ihre Person und Ihre Ämter, sondern das Land. Was würden Sie für das Land tun?"

"Ach so, ja... also... ich... ja, da habe ich Sie kurz falsch verstanden, das... ja, nein, das wollte ich ja gerade ausführen, wenn Sie mich nicht unterbrochen hätten. Dann hätte ich das natürlich noch gesagt. Wir müssen wirtschaftlich wieder auf Spur kommen. Dabei dürfen wir die Menschen nicht alleine lassen. Und es bleibt unser zentrales Anliegen, uns mit allen Kräften für den Planeten einzusetzen und uns mit aller Kraft gegen den Klimawandel zu stellen."

"Was würden Sie tun, Frau Müller?"

"Migration scharf begrenzen. Sicherheit wieder gewährleisten. Energiekosten senken – ganz gleich, wo die Energie herkommt, unsere Wirtschaft braucht günstige Energie. Die Wirtschaft ankurbeln. Die Transferunion aufkündigen und den Euroraum verlassen. Denn ausgemacht war: Keine Haftung für die Schulden anderer Länder und keine Staatsschulden über 60 Prozent des jeweiligen Bruttoinlandsprodukts. Diese Regeln sind zerstört worden. Daraus müssen wir die Konsequenzen ziehen."

"Die gleiche Frage an Sie, Frau Marx."

"Ich hörte hier immer so große strategische Pläne. Denkt an die Wirtschaft, heißt es da. Denkt an die Bildung, die Infrastruktur, die Digitalisierung. Ja, gut und schön. Aber wer denkt denn an die Armen, an die Bedürftigen, an die Rentnerinnen und Rentner? An die Kranken und Schwachen? Ich möchte mich vor allem für diese Gruppe stark machen. Ich möchte die Reichsten im Land stärker belasten und die Armen entlasten."

"Sie kennen die Armen doch gar nicht. Das haben doch Journalisten gerade so schön recherchiert und aufgedeckt", meint Friedrich April bissig.

"Natürlich kenne ich arme Menschen."

"Die Journalisten vom Recherchenetzwerk Süd haben sehr, sehr viele soziale Einrichtungen in ihrem Wahlkreis gefragt, ob Sie da mal vor Ort waren. Antwort: nein. Es gibt tatsächlich niemanden, der bestätigen könnte, dass sie wirklich mal echten Kontakt mit armen, bedürftigen oder kranken

Menschen hatten. Auch Fotos gibt es nicht. Keine Frau Marx im Krankenhaus, keine Frau Marx in der Suppenküche, keine Frau Marx bei der Tafel..."

"Das stimmt doch alles gar nicht. Das ist doch jetzt alles nur billige Propaganda und Wahlkampfgetöse. Unterste Schublade, das muss ich schon sagen. Ich habe sogar sehr vielen Kontakt mit Armen und Bedürftigen. Ich fahre Taxi, die Menschen sprechen mich am Flughafen an, ich bekomme Mails von den Menschen, ich unterhalte mich mit Menschen, die nicht mal 30.000 € im Monat haben... ähm... im Jahr haben. Ich bin nahe dran den diesen Menschen. Jeden falls näher als Sie."

„Alles Murks, Frau Marx, alles Murks“, gibt sich Friedrich April amüsiert und winkt ab.

***

Nach der Sendung führt DNS Etex eine Blitzumfrage durch. Ergebnis:

Friedrich Partei: von 22% auf 26%.

CDU/CSU: unverändert 19%.

AfD: von 15% auf 16%.

SPD: unverändert 14%.

Rebecca Marx Partei: weiter 11%.

Bündnis 90/Die Grünen: von 12% auf 7%.

Sonstige: weiter 7%.

***

Auch bei den Grünen sind die Konferenzräume grau. Spitzenkandidatin und Außenministerin Bettina Bergmann sitzt mit fünf Parteispitzen an einem langen Tisch. Betretenes Schweigen macht sich im Raum breit. Der Absturz in den Umfragewerten von mageren 12% auf katastrophale 7% steckt allen noch in den Knochen.

"Du bist nicht mehr zu halten, Bettina", sagt die Fraktionsvorsitzende Martina-Annkathrin Überöhr-Knobel-Umbach gerade heraus.

"Ach, das sehe ich ganz anders. Ich werde meine Kandidatur niemals aufgeben. Das Land braucht mich."

"Ja, das dachten wir uns schon", sagt Überöhr-Knobel-Umbach mit ernster Miene. "Deshalb haben wir einstimmig beschlossen, dich abzusetzen."

"Waaaaas?"

Bettina Bergmann sieht sie entgeistert an.

"Aber das dürft ihr nicht machen! Ich habe noch so viel vor! Ich habe meine Ziele noch lange nicht erreicht!"

"Für dich ist hier und heute Endstation. Richard übernimmt."

"Richy? Nee, oder? Richy ist doch gar nicht qualifiziert für so ein Amt!"

"Doch, das ist er. Er wird das sehr gut machen, da sind wir uns alle sicher", sagt Überöhr-Knobel-Umbach.

"Nee, nee, nee! Richy kann gar nix. Der macht das Falsche. Und dann auch noch das Falsche völlig falsch. Von vorne bis hinten. Wie beim Heizungsgesetz. Oder bei der E-Auto-Prämie, die er von heute auf morgen gestrichen hat. Das sind schwerste handwerkliche Fehler. Der mag noch so sympathisch sein, aber Fakt ist: Er kann es einfach nicht. Er hat Deutschland wirtschaftlich an die Wand gefahren. Den kann man doch nicht aufs Schild heben! Nie und nimmer."

"Bis du bald fertig? – Wir geben dir Gelegenheit, deinen Rücktritt selbst zu kommunizieren. Sag, was immer du sagen willst. Aber sag es bis morgen um 21 Uhr. Sonst kommunizieren wir es."

Bettina Bergmann muss schlucken. So eine Ungerechtigkeit ist ihr noch nie widerfahren. Na wartet nur! Rache ist süß. Ihre Zeit wird schon noch kommen, da ist sie sich sicher.

***

Am nächsten Tag erklärt die Bundesaußenministerin im Interview mit dem US-amerikanischen Sender IMM: "Ich möchte aufgrund der aktuellen Krisen meine Kraft voll und ganz der deutschen Außenpolitik widmen. Deutschland braucht mich in der Welt, auf meinen Missionen rund um den Globus – und nicht in Wahlstudios zuhause in Deutschland. Ich möchte meine ganze Energie darauf ausrichten, weltweit Vertrauen auszubauen, verlässliche Strukturen und Prozesse zu etablieren und Kooperationen zu schmieden.

Ich musste eine schwierige Entscheidung treffen, habe sorgfältig abgewogen und mich dann dafür entschieden, mein Talent und meine Fähigkeiten ganz in den Dienst des Völkergemeinschaft und der Welt zu stellen, damit die Welt zu einem friedlicheren Ort wird, damit Kinder wieder lachen und die Menschen überall sicher und glücklich leben können. Ich verzichte auf meine Kandidatur als Kanzlerin, steige aus dem Wahlkampf aus und übergebe die Spitzenkandidatur an meinen lieben, geschätzten und kompetenten

Kollegen Richard Bachmann. Ich bin sicher, dass er einen hervorragenden Wahlkampf machen wird und unterstütze ausdrücklich seine Kandidatur. Ich nehme mich bewusst zurück und lasse mich zum Wohle der Menschheit nicht von meinen persönlichen sowie beruflichen Zielen leiten, sondern möchte dort dienen und nützlich sein, wo ich am meisten, am dringendsten gebraut werde. Vielen Dank!"

"Wirklich bemerkenswert", meint die Moderatorin des Senders in einer ersten Reaktion. "So kann nur eine echte Führungspersönlichkeit sprechen. Ich bewundere das. Vielen Dank für Ihr Statement, exklusiv und live hier auf IMM. Das war die deutsche Außenministerin Bettina Bergmann, die ihre Spitzenkandidatur aufgibt, um ihre ganze Kraft auf die Krisen in der Welt konzentrieren zu können. Respekt vor dieser selbstlosen Entscheidung. Bleiben Sie dran, wir sind gleich zurück mit weiteren Nachrichten und Hintergründen."

Kapitel 18.

Der Hausbesuch.

Garching bei München im Februar.
"Jassas! Jesus Maria und Josef!", ruft Frau Schwanke und hält sich erschrocken die Hände vor den Mund.

Sie steht an der Eingangstüre ihrer kleinen Mietwohnung und versteht die Welt nicht mehr.

"Robert! Robert! Komm schnell! Der König! Der König ist hier. Jessas na!"

Frau Schwanke ist eine ältere, aber noch sehr rüstige Frau. Sie trägt kurze graue Haare, eine schmale goldene Brille, eine grüne Wollweste und eine schwarze Hose. Ihre Füße stecken in Pantoffeln.

"Entschuldigen Sie die Störung, Frau Schwanke", sagt Friedrich und lächelt.

Mark und Caro hinter ihm grinsen sich an.

"Ich wollte nur mal Guten Tag sagen. Oder komme ich ungelegen?"

"Roooooobeeeeeeeert!", ruft Frau Schwanke in die Wohnung hinein.

"Bin auf dem Klooooooooooohoooooo!", ruft eine Männerstimme zurück.

"Ähm... Bitte... Bitte kommen Sie doch herein, Eure Hoheit."

Etwas ungelenk deutet Frau Schwanke einen Knicks an und öffnet die Türe ganz weit.

"Bitte, kommen Sie nur herein. Kommen Sie nur alle herein."

"Danke, vielen Dank", sagt der König und tritt ein.

Die Wohnung ist klein, aber gemütlich. Rechts von der Eingangstür sieht man durch eine offene Türe ins Schlafzimmer. Links geht es ins Wohnzimmer mit offener Küche und charmanten Balkon. Geradeaus muss die Toilette sein.

Der König zieht seine Stiefel aus, auch Caro und Mark ziehen ihre Schuhe aus.

"Kommen Sie doch weiter, bitte. Mein Mann ist auch gleich da. Darf ich Ihnen etwas anbieten? Jassas! Wenn ich gewusst hätte, dass Sie kommen, dass Sie uns die Ehre antun, ähm... geben, dass Sie uns die Ehre geben, dann hätte ich... ja, alles vorbereitet, nicht wahr."

"Ach, nur keine Umstände. Alles ist in bester Ordnung. Was trinken Sie denn, Frau Schwanke?"

"Ich? Also, ich, ja, ich trinke einen Tee. Einen Kräutertee. Darf ich Ihnen auch einen anbieten, königliche Hoheit?"

"Sehr gerne. Wenn es keine Umstände macht."

"Bitte, bitte, setzen Sie sich doch. Wo Sie wollen." Sie deutet auf ein breites Sofa und auf die vier Stühle, die um einen Esstisch stehen. "Wo Sie möchten. Wie Sie möchten. Bin gleich wieder da." Sie läuft zur Küchenzeile gegenüber vom Esstisch.

Friedrich setzt sich an den Tisch, Caro und Mark entspannen auf der Couch.

"Darf ich Ihnen auch etwas anbieten?", fragt Frau Schwanke Caro und Mark.

"Gerade nicht, danke sehr", sagt Caro und auch Markt winkt dankend ab.

"Ja, tatsächlich", stammelt ein Mann um die 70. Herr Schwanke hat eine Halbglatze, trägt eine silberne Brille, ein kariertes Hemd und eine blaue Jeanshose. Seine Füße stecken in ausgetretenen Hausschuhen.

Er verbeugt sich so tief, dass er fast den Boden berührt und Mark fühlt sich ans Mittelalter erinnert.

"Königliche Hoheit! Was... was verschafft uns die Ehre?"

Der König ist aufgestanden und streckt Herrn Schwanke die Hand hin. Das mit dem Händeschütteln ist ihm inzwischen in Leib und Blut übergegangen. Als Politiker muss man schnell eine Verbindung zum Wähler herstellen. Und das geht am besten über das Händeschütteln. Deshalb ist das Erste, was Politiker immer und überall machen: Händeschütteln. So ist das heute: Die Politiker schütteln die Hände, die Wähler die Köpfe.

"Guten Tag, ich war gerade in der Gegend und wollte mal hallo sagen."

Sprachlos und wie in Trance ergreift Herr Schwanke die Hand Friedrichs und schüttelt sie.

"Äh... okay."

"Bitte, setzen Sie sich doch. Ich will Sie auch gar nicht lange aufhalten, keine Sorge."

"Trinkst du auch einen Tee, Robert."

"Ich glaube, ich brauch jetzt eher einen Schnaps", scherzt der Mann ohne den Blick auch nur eine Sekunde vom König abzuwenden.

"Wir haben Ihr Fernsehduell verfolgt, Königliche Hoheit", erzählt Frau Schwanke, serviert dem König eine dampfende Tasse Tee und setzt sich zu den beiden Männern.

"Eine Sache ist mir im Kopf geblieben", berichtet Herr Schwanke. "Sie sagten: `Nein, ich möchte keinen Krieg führen. Aber im Notfall weiß ich, wie man einen Krieg nicht nur führt, sondern auch gewinnt.` Das hat mir gefallen. Muss ich wirklich sagen."

"Danke schön", sagt der König und nippt am Tee.

"Wissen Sie, ich war auch bei der Bundeswehr. Hab allerdings nur meinen Wehrdienst abgeleistet. Und war ja auch nur bei den Sanitätern, also, bin kein großer Krieger."

"Sanitäter sind ganz wichtig", sagt der König.

"War eine schöne Zeit. Hat mir gut gefallen", erzählt Herr Schwanke. Er blickt in die Ferne.

"Wäre gut, jemanden als Regierungschef zu haben, der was davon versteht. Nicht so wie diese Bürokraten. Wer bei mir Führung bestellt, der bekommt sie auch, hat der Kanzler gesagt. Lächerlich! Was haben wir bekommen? Gar nichts. Keine Führung, nur Verwaltung."

Plötzlich springt Frau Schwanke auf.

"Sie bleiben doch noch zum Essen, oder? Ich mache uns einen schönen Sauerbraten mit Rotkohl und Kartoffelklößen!"

"Na, eigentlich hatten wir das nicht vor", sagt der König. "Ich bin gerade auf Wahlkampftour im ganzen Land unterwegs. Ich klingele und klopfe, um mich persönlich vorzustellen und mit den Leuten ins Gespräch zu kommen."

"Ja, ja, das verstehen wir. Wir wollen Sie nicht aufhalten, aber, na, essen muss man. Sie sind herzlich eingeladen."

"Also, vielen Danke, dann bleiben wir gerne zum Essen. Oder, was meinen Sie, Caro und Mark?"

"Sauerbraten mit Rotkohl und Kartoffelklößen klingt super", sagt Mark und auch Caro nickt zustimmend.

"Gibt es denn etwas, das Sie auf dem Herzen haben. Etwas, das Sie beschäftigt. Etwas, das Sie mit mir teilen möchten?", fragt der König den Mann.

Herr Schwanke überlegt.

"Na, wir sind ja Rentner. Uns dürfen Sie nicht fragen. Wir sind gar nicht mehr angesagt. Fragen Sie lieber die junge Generation. Mein Sohn zum Beispiel ist verheiratet, hat eine Tochter und einen Sohn und lebt in Berlin. Der würde gerne ein Haus bauen, aber Bauland ist knapp und teuer. Und wir, wir können ihn da leider nur begrenzt unterstützen. Ja... schwierig für Familien. Da müsste mal was geschehen, finde ich. Und... ja, da ist noch etwas. Hm, tja, das ist so schade. Ich weiß aber nicht, ob ich das ansprechen soll. Mit der Kirche haben Sie ja gar nichts am Hut, oder?"

"Na, sagen Sie schon. Wir können über alles reden."

"Okay, gut. – Momentchen, ich hol mal was."

Herr Schwanke springt auf, öffnet eine Schublade im Sideboard, auf dem der Fernseher steht und kommt mit einem Brief zurück.

"Den hat mir mein Sohn weitergeleitet. Mein Sohn ist katholisch. So wie wir auch. Und einmal im Jahr bekommt mein Sohn Post vom Erzbischof. Einmal im Jahr kommt ein Brief."

Er liest vor: "Liebe Familie Schwanke,

bla bla bla... Gut ein Jahr später ist die Umgestaltung der Bischofskirche weitgehend abgeschlossen... Wiedereröffnung... lade Sie herzlich ein... Ja, also im Brief geht es darum, dass die Bischofskirche nach einem Umbau wiedereröffnet wird und man wird herzlich dazu eingeladen. Dagegen ist im Prinzip ja auch nichts zu sagen. Aber mein Sohn meinte zu mir: Das hat so gar nichts mit mir und meinem Leben zu tun. Das beschäftigt mich so gar nicht. Klar, meinen Sohn beschäftigen ganz andere Fragen: Wie und wo könnte ich der Familie ein Haus bauen? Ist mein Job sicher? Ist die Schule gut? Sind die Hausaufgaben gemacht? Steigen die Stromkosten? Steigen die Nebenkosten? Wohin fahren wir in Urlaub? Was kostet der Urlaub? Können wir uns das Hotel leisten? Ist mein Stadtviertel sicher? Kann ich die Kinder vom Sport schon alleine nach Hause laufen lassen? Kommt der Krieg nach Deutschland? Das sind die Fragen, die sich mein Sohn stellt. Antworten im Brief darauf: Null. Der Erzbischof schreibt nur über seine neue Kirche. Der schreibt nur darüber, was ihn bewegt, aber nicht darüber, was die Menschen bewegt. Ich finde das schade. Oder seh' ich das falsch? Was meinen Sie? Ich weiß, ich weiß, das ist alles nicht Ihr Thema, aber es beschäftigt mich wirklich."

"Scheint so, als hätten Sie Recht", nickt der König nachdenklich. "Ich meine, ich möchte mir nicht anmaßen einem Erzbischof Ratschläge zu geben, aber ich denke, Sie haben da einen Punkt. Ich denke, das war ganz bestimmt nicht böse gemeint. Aber ja, er hätte womöglich erst die Menschen bei ihren Sorgen und Problemen abholen können. Wenn man einmal im Jahr von ihm hört und er schreibt dann nur über etwas, das nur ihn interessiert, dann ist das... nun... etwas unglücklich. Am Ende muss ich mich auch als

Staatsmann immer fragen: Was hat das mit den Menschen zu tun? Man darf nicht am Volk vorbeiregieren. Das darf man nie vergessen. Das darf *ich* nie vergessen. Danke, dass Sie mich mit dieser Geschichte daran erinnern."

Kapitel 19.

Die Stunde der Wahrheit.

"Haben Sie eine Rede vorbereitet?", will Mark am Tag der Wahl wissen.

"Nein", sagt der König.

"Soll ich eine vorbereiten?"

"Nicht nötig", sagt der König.

"Ich könnte drei Versionen vorbereiten. Eine, wenn wir haushoch gewinnen. Eine, wenn wir knapp gewinnen. Und eine, wenn wir verlieren."

"Wir verlieren nicht", sagt der König.

"Gut, dann schreibe ich nur die zwei Reden, okay?"

"Nein, schreiben Sie keine Reden. So eine Rede muss man spontan halten. Mit dem Herzen. Entspannen Sie sich. Lenken Sie sich ab. Wie es ausgeht, erfahren wir erst heute Abend ab 18 Uhr."

Mark seufzt.

Der König hat Recht. Die Schlacht ist geschlagen. Jetzt können sie nur noch abwarten und hoffen.

Mark versucht es mit Fernsehschauen. Überall Wahl, Wahl, Wahl. Das macht ihn noch nervöser.

Er geht im Schlosspark spazieren.

Das hilft ein bisschen.

Dann trifft er Caro, die ebenfalls im Park spazieren geht, um sich abzulenken. Die beiden schlendern nebeneinander her und sprechen dabei – wie könnte es anders sein – über die Wahl.

"Glaubst du, wir schaffen es?", fragt Mark.

"Sicher", meint Caro.

"Sagst du das nur oder meist du es auch?"

"Irgendwie beides."

"Geht mir auch so", meint Mark. "Ich glaube schon an die Umfragen. Aber so richtig glauben kann ich das noch immer nicht."

"Ich glaube es erst, wenn ich das Ergebnis im öffentlich-rechtlichen Fernsehen sehe", sagt Caro.

Mark blickt auf die Uhr. "Dem Himmel sei Dank, bald gibt's Mittagessen, damit kann ich mich gut ablenken."

***

Als die Uhr endlich 18.00 Uhr schlägt, ist die Wahlparty in vollem Gange. Die Friedrich Partei hat das Schloss Sanssouci festlich geschmückt. Die Stimmung ist elektrisiert. Unterstützer und Parteimitglieder stehen beisammen im großen Saal, nippten an Sektgläsern und verfolgen nervös auf einer großen Leinwand die Fernsehübertragung. Der König steht mitten in der Menge. Er trägt einen hellblauen Anzug und natürlich sein Markenzeichen, die weiße Perücke. Seine strahlend weißen Haare leuchten unter den Kronleuchtern, während er charmant Hände schüttelt und beruhigende Worte spricht.

Viele Weggefährten sind der Einladung gefolgt, um die Stunde der Wahrheit gemeinsam mit Caro, Mark und dem König zu erleben. Napoleon ist da, begleitet von einem großen, dunkelblonden, schlaksigen jungen Pfleger, der mit seinen weißen Sportschuhen über das Parkett quietscht. Odo ist ebenso gekommen wie Dr. Schleicher. WILD-Chefredakteurin Claudia Sasse hat sich die Ehre gegeben. Der Bundeswehrhauptmann und Unteroffizier Jost sind gekommen. Miles ist da und auch Hairstylist Francesco. Heike aus der Suppenküche ist da und sogar die beiden Musiker aus Warschau, Damian und Roman.

Der Ton der Fernsehübertragung wird lauter gestellt.

"Deutschland hat gewählt", sagt der Moderator.

"Es ist 18 Uhr und eine Minute, die Wahllokale haben jetzt geschlossen und wir schauen nun gespannt auf die erste Hochrechnung bei dieser ganz besonders interessanten Bundestagswahl. Ich betone: Es ist noch eine Hochrechnung.“

Er schreitet in Studio nach rechts, während sich links von ihm aus dem Boden Hochrechnungsbalken erheben.

"Die Friedrich Partei scheint einen Erdrutschsieg einzufahren. Erst vor wenigen Monaten gegründet landet sie bei sensationellen, ja historischen 37%!"

Gellender, ohrenbetäubender Jubel bringt sich Bahn, der die Wände erzittern lässt. König, Caro und Mark fallen sich überwältigt in die Arme. Dicke Tränen rollen über Marks Gesicht, er heult hemmungslos. Caro umklammert den König ganz fest, klopft ihm immer wieder auf den Rücken und stammelt etwas. Jetzt hat auch sie Tränen der Freude und der

Erleichterung in den Augen. Der Moderator spricht weiter, aber er ist unter dem Jubel nicht mehr zu verstehen. Die Menschen liegen sich in den Armen und lassen ihren Glücksgefühlen freien Lauf. Die ganze Mühe, die ganze Anstrengung hat sich sowas von gelohnt.

37% ist sogar noch viel, viel mehr, als sie alle zu träumen gewagt hatten. Sie haben alles gegeben. Und Deutschland hat ihnen umso mehr zurückgegeben. Und auch, wenn das nur die erste Hochrechnung ist, dieser Sieg ist grandios und ihnen nicht mehr zu nehmen.

Es dauert mehrere Minuten, bis sich die Unterstützer und Parteimitglieder halbwegs beruhigt haben.

Unten am Rand der Leinwand laufen die aktuellen Hochrechnungen: Friedrich Partei: 37%, CDU/CSU: 17%, AfD: 12%. SPD: 9%, Rebecca Marx Partei: 9%. Bündnis 90/Die Grünen: 8%, Sonstige: 8%.

Der Saal verwandelt sich in ein Meer aus tanzenden Menschen und klingenden Gläsern. Die Luft ist erfüllt vom Lachen und Musik. Der König bekommt einen Blumenstrauß überreicht und wird euphorisch gefeiert.

"Eine Rede!", ruft ein Mann mit Nickelbrille.

"Rede! Rede! Rede!", fordern nun auch die anderen.

Friedrich lässt sich nicht lange bitten. Er tritt auf eine Bühne, die vor der Leinwand aufgebaut ist und taucht unter lautem Jubel ins Blitzlichtgewitter der Fotografen ein.

Voller Freude hebt er die Hand und winkt seinen Unterstützern und Weggefährten zu.

"Liebe Freundinnen und Freunde! Wir haben gemeinsam ein historisch gutes Wahlergebnis erzielt. Wir haben gemeinsam gewonnen!"

Lauter, langanhaltender Jubel bricht sich Bahn.

"Das ist zwar noch eine Hochrechnung, aber wenn wir uns die letzten Wahlen ansehen, dann wissen wir, dass sich daran grundlegend nur noch wenig ändern wird. Liebe Freundinnen und Freunde, ich bedanke mich bei Ihnen für Ihren großartigen, unermüdlichen Einsatz. Und den Wählerinnen und Wählern danke ich sehr herzlich für ihr Vertrauen. Ich werde Sie nicht enttäuschen. Gemeinsam werden wir Deutschland wieder stark machen und zu neuen Erfolgen führen. Wir werden eine neue Ära begründen. Eine Ära der Innovationsfreude, die von den deutschen Tugenden getragen sein wird. Made in Germany wird ein Comeback erleben! Darauf freue ich mich."

Frenetischer Jubel unterbricht ihn.

„In den letzten Wochen und Monaten durfte ich unglaublich viel lernen. Ich durfte lernen, was ein Auto ist, was ein Smartphone leisten kann. Ich dufte lernen, wie man einen Computer bedient und wie man mit einer Künstlichen Intelligenz kommuniziert. Ich durfte lernen, was sich in den letzten 300 Jahren ereignet hat.

Vor allem aber durfte ich lernen, dass sich im Leben nicht immer alles um Disziplin und Pflichtgefühl drehen muss. Ich durfte lernen, dass ich vieles früher falsch und ungerecht eingeschätzt habe. Ich durfte aber auch lernen, dass man nie zu alt ist, um sich zu ändern. Damian und Roman, dafür danke ich Euch ganz besonders!“

Donnernder Applaus unterbricht seine Rede.

„Ich durfte lernen, dass man auch mal ganz entspannt chillen darf und wie wertvoll gute Freunde sind! Ich durfte lernen, dass man alles schaffen kann – aber nie alles allein. Man muss eine starke Gemeinschaft sein, die für ein gemeinsames Ziel brennt. Dann ist alles möglich.“

Wieder lässt lautstarker Applaus die Wände wackeln.

"Liebe Freundinnen und Freunde! Endlich sind wir in der Regierungsverantwortung! Endlich geht's los. Endlich sind wir dran. Wir sind dran, Claudia. Na komm schon. Aufwachen! Steh auf! Aufwachen! Hallo, hallo, Claudia. Auf-wach-en."

Die Unterstützer blicken den König verwundert an. Was erzählt er denn da von einer Claudia? Was soll das? Und wer soll aufwachen? Im Saal macht sich Irritation breit.

Claudia schlägt die Augen auf. Sie sitzt auf dem kalten, harten Boden im Roten Rathaus. Ihr Verlobter Mark kniet vor ihr auf dem Boden und blickt sie an. "Aufwachen, Claudia. Wir sind dran, Schatz. Alles klar?"

"Ja, ja, alles klar", sagt sie und rappelt sich mit Marks Hilfe hoch. "Du bist eingenickt", grinst Mark.

"Wie lange hab ich denn geschlafen?“, fragt Claudia und blickt auf ihre Armbanduhr.

"Puh, schon 9 Uhr 38!"

Claudia streicht sich die langen blonden Haare aus dem Gesicht. "Okay, alles klar. Wo müssen wir hin?"

"Zimmer E12", sagt Mark.

"Na, dann los!"

Aufgeregt öffnen sie die Türe mit der Aufschrift E12 und betreten ein kleines Zimmer. Hinter einem breiten

Schreibtisch mit grauem Monitor sitzt eine Frau Anfang 30 mit frecher roter Kurzhaarfrisur. Sie trägt ein dunkelblaues Hemd und eine blaue Jeans.

"Hallöchen", sagt die Frau freundlich.

"Schönen guten Tag", sagt Mark. "Wir würden gerne heiraten und hätten gern einen Termin für die Eheschließung."

"Na, das ist doch wunderbar!", sagt die Frau und lächelt. "Setzen Sie sich doch. Unterlagen dabei?"

"Ja, alles schon vorbereitet", sagt Claudia und reicht der Frau eine Klarsichtfolie mit den Unterlagen.

"Erweiterte Meldebescheinigung mit Angaben zum Familienstand, aktueller beglaubigter Registerausdruck mit Hinweisteil des Geburtsregisters und natürlich der Ausweis."

"Perfekt, danke. Wann soll es denn soweit sein? Die Eheschließungen finden bei uns mittwochs und freitags statt. Eheschließungen an Samstagen bieten wir leider nicht an."

"11.10., wenn's möglich wäre", sagt Mark. "Das ist ein Freitag."

"Oktober... hmm... da sieht's schon etwas eng aus mit Terminen", sagt die Beamtin. "Ich schau mal... Momentchen... Na, mal sehen. Kriegen wir schon hin. Ging es vielleicht um 14.30 Uhr?"

"14.30 Uhr?", fragt Mark Claudia.

"Aber ja!“, freut sich Claudia und ihre Augen strahlen. „Perfekt! 11.10. um 14.30 Uhr."

"Super!", freut sich nun auch die Frau und tippt auf dem Computer herum.

"Klingt nach einem Plan. Sie dürfen bis zu 18 Gäste mitbringen. Soll ich Ihnen den Termin aufschreiben?"

"Können wir uns merken, danke. Also ist der Termin jetzt fix?", fragt Claudia.

"Der ist jetzt fix!", bestätigt die Frau.

"Ich prüfe noch Ihre Unterlagen, aber müsste eigentlich soweit alles passen. Und sollte etwas nicht passen, dann melde ich mich einfach bei Ihnen. Kontaktdaten stehen ja drauf? Telefon, E-Mail. Ja, hier steht's. Na dann: Alles Gute!"

"Danke sehr!", sagt Mark.

Die beiden verlassen den Raum und geben sich einen Kuss.

"Geschafft!", jubelt Claudia.

"Endlich!", seufzt Mark.

"Die war eigentlich ganz freundlich und unkompliziert", meint Claudia.

"Absolut. Man kann ja auch mal Glück haben", sagt Mark.

Epilog.

Liebe Leserin, lieber Leser,

herzlichen Dank, dass Sie sich die Zeit genommen haben, Friedrich II. auf seiner Reise zu begleiten.

Ja, die Geschichte ist erfunden. Aber wir können trotzdem etwas daraus lernen. Sie kann uns dazu inspirieren, die Dinge zu hinterfragen, zu ändern und besser zu machen.

Deutschland ist ein großartiges Land mit riesigem Potential. Leider stehen wir uns oft selbst im Weg. Lassen Sie uns Hindernisse beseitigen und gemeinsam daran arbeiten das Land voranzubringen. Ja, das geht. Denn Deutschland, das sind wir alle.

Herzlich

Ihr

Carl Conrad

PS: Über eine Bewertung auf Amazon würde ich mich freuen. Das hilft mir, weitere Leser anzusprechen und zum Nachdenken anzuregen. Sie erreichen mich persönlich unter: hallocarlconrad@gmail.com

Über Friedrich II.

Friedrich II., auch bekannt als Friedrich der Große, war einer der bedeutendsten Herrscher der Aufklärung in Europa. Seine größten Leistungen umfassten militärische Erfolge, innenpolitische Reformen und kulturelle Errungenschaften, die Preußen nachhaltig prägten:

1. Militärische Erfolge

- Schlesische Kriege: Friedrich führte Preußen in drei Schlesische Kriege (1740–1742, 1744–1745, 1756–1763) gegen Österreich und eroberte das wohlhabende Gebiet Schlesien, was Preußen zur Großmacht erhob.

- Siebenjähriger Krieg (1756–1763): Friedrich konnte trotz der Übermacht einer antipreußischen Koalition (Österreich, Russland, Frankreich und Schweden) Preußens Existenz und Territorium behaupten. Er wurde für seine brillanten Strategien, etwa die Schlacht von Leuthen (1757), berühmt.

- Moderne Kriegsführung: Friedrich führte innovative Taktiken ein, wie die „Schiefe Schlachtordnung", und setzte neue Standards in der Kriegsführung.

2. Reformen und Staatsaufbau

- Verwaltungsreformen: Friedrich modernisierte die preußische Verwaltung, rationalisierte sie und führte ein effizientes, zentralisiertes Regierungssystem ein.

- Rechtsreformen: Er förderte die Vereinheitlichung des Rechtswesens, was schließlich zum „Allgemeinen Landrecht für die Preußischen Staaten“ (1794) führte.

- Wirtschaftspolitik: Er förderte den Merkantilismus, die Ansiedlung von Fachkräften und den Aufbau von Manufakturen. Zudem initiierte er Maßnahmen zur Verbesserung der Landwirtschaft, wie die Einführung der Kartoffel als Grundnahrungsmittel in Preußen.

- Toleranzpolitik: Friedrich war ein Vordenker religiöser Toleranz. Er erklärte: „Jeder soll nach seiner Façon selig werden“ und gewährte Religionsfreiheit.

3. Kulturelle Leistungen

- Aufklärerische Ideale: Als aufgeklärter Absolutist förderte Friedrich Wissenschaft, Kunst und Bildung. Er stand im Austausch mit den größten Denkern seiner Zeit, wie etwa Voltaire.

- Architektur und Kultur: Unter Friedrich entstand das prachtvolle Schloss Sanssouci in Potsdam, ein Meisterwerk des Rokoko, das zum Symbol der preußischen Kultur wurde.

- Bildungspolitik: Er gründete Schulen und Akademien, um die Bildung in Preußen zu verbessern, und förderte das Wissenschaftsleben, etwa durch die Berliner Akademie der Wissenschaften.

4. Internationale Diplomatie

- Balance der Mächte: Friedrich stärkte Preußens Position in Europa und spielte eine zentrale Rolle im europäischen Gleichgewicht der Kräfte.

- Polen-Teilungen: Friedrich beteiligte sich an der ersten Teilung Polens (1772), wodurch Preußen Westpreußen gewann und territorial stark erweitert wurde.

Friedrich II. schuf die Grundlagen für Preußens Aufstieg zur Großmacht und machte es zu einem Vorbild für Verwaltung, Disziplin und militärische Effizienz. Er wird oft als „der erste Diener des Staates" bezeichnet und ist ein Paradebeispiel für den aufgeklärten Absolutismus. Sein Wirken beeinflusste die Entwicklung Deutschlands und Europas nachhaltig.

Impressum.

Der König ist zurück.

Berlin, 2024

Carl Conrad

Der Autor ist erreichbar über
hallocarlconrad@gmail.com

Bildnachweis des Titelbilds:

Unter anderem entwickelt mit KI.

Anton Graff, Public domain, via Wikimedia Commons

https://commons.wikimedia.org/wiki/File:Friedrich_Zweite_Alt.jpg?uselang=en#Licensing

https://creativecommons.org/publicdomain/mark/1.0/

Printed in Poland
by Amazon Fulfillment
Poland Sp. z o.o., Wrocław

45084912R00148